集英社オレンジ文庫

雲は湧き、光あふれて

須賀しのぶ

CONTENTS

雲は湧き、光あふれて

• KUMO ha waki, HIKARI afurete

ピンチランナー

1

　スパイクの紐を結びなおす。

　かたく結び終えたところで、ベンチの中で歓声が弾けた。顔をあげてグラウンドに目を向ければ、打席にいた高村《たかむら》が一塁にむかって走っていく姿が見える。

　九回表、２対５。三点ビハインドで二死一塁。さて、そろそろ来るころか。姿勢を正したところで、案の定、監督がこっちを向いた。

「須藤《すどう》行け」

「はい！」

　返事は大きくはっきりと。高三になっても小学校時代の教えにいまだに忠実な俺は、すぐにベンチに飛び出した。

　途端に襲いかかる日差しに、一瞬くらりとする。まだ五月頭だっていうのに、この強烈さ。真夏になったらどうなっちまうんだろうか。

「選手の交代をお知らせします。一塁走者の高村君に代わりまして、須藤君」

武蔵《むさし》高校のマネージャーはアナウンスがうまいと評判だ。うん、やっぱきれいな声で名前を呼んでもらうと、テンションがあがる。いっそう元気に一塁めざして走っていくと、四球で出塁《しゅつるい》した高村が片手をあげた。

「頼む、須藤」

「おー」

ジャンプして屈伸《くっしん》して、ベースにつくと、吉高《よしこう》のピッチャー・武山《たけやま》が振り向いた。目つきが怖い。

そんなイヤそうな顔すんなと言いたい。疲れてるのはわかるけど、あと一人しとめればおまえの勝ちだろ。五回からぜんぜん打たれてないじゃん。この春やたら調子いいし、こないだなんか完封《かんぷう》して、新聞にちょっと載《の》ってたじゃん。

俺が試合に出るのは今だけなんだから、うしろでチョロチョロするぐらいはかんべんしてほしい。

試合中、俺はバットもグラブももつことはない。俺の仕事はただ、走ることだけなんだから。

「集中しろよ、須藤」

一塁コーチャーの恩田《おんだ》が、顔を近づける。顔が濃いから暑苦しい。

「わかってるよ」

「盗めるぞ」

言われるまでもない。そもそもバッテリーは、いくならどうぞって感じだ。

三点差だしね。五回からノーヒットで九回表二死一塁って、ま、ふつうダメでしょ。

ウチは本当に、左投手が苦手だ。高村がフォア選ぶのが精一杯じゃあな。ここから下位打線だし、武山たちも二塁いきたきゃどうぞって感じなんだろう。

それじゃあまあ、せっかくだから、行かせてもらうか。親切は無にしちゃ悪い。

じりじりリードひろげていると、武山がいきなりこっちに投げてきやがった。

へえ、いちおう牽制《けんせい》はしてくるのね。けっこう大胆《だいたん》にリードしてたもんで、ちょっと焦《あせ》って塁に戻る。

「おい、油断すんなよ」

うるせえよ恩田。してねえよ。眉毛《まゆげ》太いよ。

武山のクセは結構わかってんだ。何度も練習試合やってるし。

武山が投球動作に入る。よし、今度はこない。一気に、二塁へ向けて猛ダッシュ。五十メートル六秒ジャストの実力を見せてやりますよ。

横目でキャッチャーをうかがうと——ああ余裕だね、こりゃ。

「っしゃあ！」

砂埃《すなぼこり》をあげてベースに滑りこむ。

ベースカバーに入ったショートは、グラブを構える格好をしただけだった。

キャッチャーから球はこない。賢明《けんめい》。どうせ今のタイミングじゃ、絶対アウトにできない。慌《あわ》てて大暴投なんてしたら、傷口ひろげる。

「んだよ、ムダなことすんなよ。往生際悪《おうじようぎわわり》ぃな」

吉高のショートがにやにや笑いながら言った。うるせえ、ニキビに石灰《せつかい》すりこむぞ。

「走らねーと監督に怒られんだよ」

打者のバットが、カキン、と微妙にポイントのずれた音をたてた。

こら江口《えぐち》。せっかく俺が盗塁《とうるい》したんだから、せめて粘《ねば》れ。初球でそれはないわ。おまえ仮にも主将だろ。

舌打ちしつつ、セオリー通り三塁へダッシュ。視界の端に、レフトが手をあげて、バックするのが見えた。

三塁側、吉高の応援席から歓声があがったのは、俺が三塁蹴《け》ってすぐだった。

ボールの行方を見ていた武山が、大きくガッツポーズをする。

俺はひとり寂《さび》しくホームイン。この瞬間は、けっこうむなしい。

「ナイスラン、須藤！」

バックネットのあたりから、でかい声がした。

顔をあげると、同じユニフォームを着たでかい男が、笑ってる。俺は曖昧《あいまい》に笑って手をあげた。ナイスランじゃねーだろ。負けたんだから空気読め。

吉高の連中が喜びながら集まって、ウチはあからさまにやる気がない感じで走ってくる。俺もだらだら走って、整列に加わった。

スコアボードは２対５。

春季大会ベスト16。まあ、いいんじゃないのかね。春なんて、夏のシード権とれればいいしさ。


「この春でおまえたちの課題がよく見えたと思う。いいか、わかっていると思うが本番は夏だ。明日から気合い入れ直してやるぞ」

反省会の最後は監督の喝と決まってる。

皆デカい声でハイッて言ってるけど、まあ三分の二は、明日ぐらい休みにしてくれよと思ってると思う。俺はもちろん心の底から思ってる。だって世間じゃゴールデンウィークよ？

　そりゃまあ、野球部にうっかり入っちまった以上、休みなんてあってなきがごとしなんてことはわかってますよ。いちおううちの学校、県内でもそこそこ強いことになってるし。けど、大会終わった次の日ぐらいはよくないか？

「一日ぐらい休ませてくれてもいいのになあ。しんどいよな」

　ぼやく平野《ひらの》も、同じ思いらしい。駅までの帰り道、ガリガリ君くわえてちんたら歩きながら、俺らの愚痴《ぐち》はとまらない。

「だよな？　そりゃさー、本番は夏だよ。でも春でちゃんとシードとったんだからさ、完全休養させろっつの」

「まあ江口なんか明日特打《とくうち》で早くくるっつってたけど。えらいよなー」

「レギュラーはいいんだよ。あとはまあ、がんばればレギュラーいけるかも的な奴《やつ》らはさ。けど俺らなんて、いくらがんばったって、試合でれねーし」

　なんせ野球部は、七十人以上も部員を抱《かか》えている。

　その中で、ベンチ入りできるのが、二十人。

　俺ら三年が二十四人。ベンチ入りメンバーが全員三年だとしても、四人はあぶれることになる。この春でいえば、二年が六人ベンチに入ってるから、三年は十四人。今年入ってきた一年にいいピッチャーもいるし、夏には一年も最低二人はベンチに入ってくるだろう。てことは俺たち——三年のへたれ組はますます居場所がなくなるわけだ。

「いや須藤はいいだろ。ちゃんとベンチ入りしてんだから。俺なんかどうすんだよ、今から二年生とスタンドで踊る練習しろってのか」

「そっちのがおいしくね？　だってベンチ入りったって俺、走るだけよ？　終盤《しゅうばん》にでる代走なんて、だいたい意味ねーじゃん。バットもボールももたないでさ、ベンチで声からしてスタメンの連中に気を遣《つか》って、最後だけちょっと走ってくるとか、わりとむなしいよ？」

「贅沢《ぜいたく》言ってんじゃねえよ、グラウンドに出れるだけいいだろ。あーあ、俺も足が速けりゃなあ」

あっというまにガリガリ君を食いおわった平野は、棒をにらみつけた。ハズレだったらしい。

いやいいだろ、そりゃおまえはたしかにくじと野球はハズレだったかもしれないけど、俺より背が高いしまあまあイケメンだし、それに彼女もいるだろうが！

この勝ち組が。おまえなんかスタンドで我《わ》が校伝統のケツふり応援ダンスをして、彼女にドン引きされるがいい。

「どっちもかわんねえって。まあ夏までは耐えるしかねーか。とりあえず今から泣く練習はしとくかな」

「なんで」

「ばっかおまえ、負けたら泣くのが様式美《ようしきび》だろ。青春な感じで泣けばテレビに映るかもしんねーぞ、スタメンじゃなくても！」

「おまえなあ」

平野はあきれ顔でハズレ棒をくわえた。そのまま棒を上下に揺らしながら、しかめっ面《つら》で考えこみはじめた。

俺はその隙《すき》に溶けかかったあずきバーを一気にたいらげる。おっさんくさいといわれようが、俺はあずきが好きだ。あずきは日本の心なんだ。

「……でもま、そんなもんか」

平野がぼんやりした顔で、つぶやいた。

「やっぱ、いまいち盛り上がってないよな。ちょっと前まではみんな、甲子園《こうしえん》いこうっつってあんなに燃えてたのに。今じゃもう、どう考えてもありえねえもんな」

「まーね。武山打てないんじゃ、東明《とうめい》学園の木暮《こぐれ》とか広栄《こうえい》の永瀬《ながせ》とか、ぜってー無理でしょ」

「だよなあ。やっぱ、益岡《ますおか》がいないんじゃなあ……」

益岡。

ナイスラン、とうれしそうに叫んでた顔が頭にうかんだ。ナイスランじゃねーよ。あほか。あのとき、どれだけ怒鳴り返してやりたかったか。

俺の反応が微妙だったからだろう、平野は顔にでかでかと「しまった」って顔をして黙りこんだ。

三年生の間では、なんとなく益岡の名が禁句《きんく》になっている。いや、普通に毎日、益岡と会ってるけど。みんなあいつと普通に喋《しゃべ》ってるけど。でも、あいつがいないところで、あいつのことを話すのは、ちょっとなんか。うまく言えないけど、なんか。

いきなり、鞄《かばん》の中から派手な曲が鳴り響いた。絶妙なタイミングだ。誰だかしらないが、気の利《き》いたやつじゃないか。心の中で手をあわせながら携帯を取り出して、俺はそのままかたまった。

「なに、でないの？」

着信欄《らん》までは見えてない平野が怪訝《けげん》そうな顔をする。俺はあわてて、通話ボタンを押した。

「はい俺。なに？」

よし、普通だ。へんな声じゃないよな。

「チャリの鍵《かぎ》」

低い。ナイスラン、と叫んだときよりずっと低くて不機嫌《ふきげん》そうな声だ。

「あ?」

「部室にすげえキモいキーホルダーが落ちてんだけど、須藤のだろ」

あわててポケットを探る。げ、ほんとだ。チャリの鍵がない。

「キーホルダー、猫っぽいやつか」

「猫っつーか、これを猫と呼ぶなら全世界の猫に謝れっていうかんじの」

「あー俺んだわ。部室もう閉める?」

「まだしばらくいる」

「じゃ今からとりにいく」

電話をきって、きょとんとしてる平野に事情を説明すると、俺はダッシュで学校に戻った。面倒臭いけど、チャリの鍵がなきゃ、駅から家まで三キロ走るはめになる。仕方ない。

「うーっす」

十五分後、汗だくになって部室にたどりつくと、でかい体を丸めて奥の机にむかって何か書いてた益岡が顔をあげた。

「お疲れ。さすが早かったな」

机の隅を指さす。かわいいにゃんこちゃんが、飛び出した目で俺を待ち構えていた。

「よく覚えてたな、俺のだって」

「あんまりキモいから覚えてた」

「近所のねーちゃんが、アフリカのなんたらって国の土産《みやげ》でくれたんだよ」

「おまえ嫌われてんじゃないか?」

「うるせえよ。つか何してんの」

「さっき見た試合のビデオで気になったところ、まとめてる」

レポート用紙の横には、スコアブックが置かれている。

「まめだなあ。今日じゃなくてもいいんじゃね」

「でも試合の記憶がはっきりしてるときのほうがいいだろ。吉高とはたぶん夏とも当たるだろうし」

まあそうだろうけど。なんでそんな気合い入ってんだ。

「……病院の時間、だいじょうぶなのか?」

あたりはもう暗い。部員で学校に残ってるのは、たぶん俺たちだけだろう。

「ああ、リハビリ科は遅くまでやってるから。適当なところで切り上げるよ」

「そっか。根《こん》つめんなよー」

じゃっ、と手をあげてとっとと退散。手伝うとは言わない。面倒なのが一番の理由だけど、打席に立ってない上にスコアとってもいない俺が見ても、役にたたないし。

「須藤」

なのに、ドア開けようとしたら、呼び止められた。

「手伝わねーぞ?」

「そうじゃなくて」

益岡は苦笑した。そのままじっと、俺の顔を見ている。

「なんだよ」

「……おまえさ」

そう言ったきり、また黙った。おいおいなんだよ。

「俺、急いでんだけど」

促《うなが》すと、益岡は困ったように笑った。

「そうだよな。悪かった。ま、この話はまた今度」

何だかよくわからないけど、これ以上よけいなことを言われないうちに急いで部室を飛び出した。

益岡と二人でいても、なに話していいかわかんないし。めっちゃ腹へってるし。

「……益岡ねえ」

キーホルダーをぐるぐる指でまわしながら、速足で夜道を歩く。

シニアの頃から、益岡和樹《かずき》は有名だった。

エースで四番。投手としてももちろんすごかったけど、バッターとしてはもう異常だろってレベルだった。中学時代に二回ほど対戦したけど、打席のオーラが違いすぎ。スイング速すぎ。球とびすぎ。もう大人みたいな体してたし、ああこういう奴がいつかプロになるんだろうなって、誰もが思うような奴だった。

だからそいつが、同じ高校って知ったときは、たまげたどころじゃない。

だって益岡なら、県内の東明や広栄はもちろん、全国の名門校から誘いはきてたはずなんだ。けど益岡は、公立以外に行くつもりはないってつっぱねたって聞いた。それでけっこう私立の連中から反発くらったらしいけど、まあ俺らとしては万々歳《ばんばんざい》よ。

公立の強豪《きょうごう》によくある傾向だけど、うちも代々、守備には定評がある。投手もそこそこいいのが入ってきて、基本、守り勝つ。

でもたいてい、攻撃が微妙。

投手はほどよく学校がバラけるんだけど、いい野手はほとんど私立に行くからだ。

だけど、俺らの代に、益岡が来た。

もちろん、一年の夏からスタメンだった。ポジションは、ピッチャーだったりショートだったりしたけど、打順の四番は不動だった。

二年生からはショートに専念して、ますます体がでっかくなって打球もアホみたいに鋭くなって、プロのスカウトが見にきちゃったり、たまに地元の新聞やテレビで特集組まれたり、練習見にくる女子高生が明らかに増えたり、そうなってくると皆もやっぱテンションあがっちゃって。

去年の夏は、やたら燃えた。燃えまくって、なんとベスト4までいった。

準決勝の相手は超名門の東明で、なかなか締まったいい試合だったんだけど、最後はうちのエースがへろへろになっちゃって、走者一掃のタイムリー打たれてサヨナラ負け。

全員泣き崩れて、先輩たちと暑苦しく抱き合いまくって、来年ぜってー甲子園いきますからとか噎《むせ》び泣いたり。

ものすごい青春光景に、正直、俺は身の置き所がなかった。

もちろん甲子園行けるかもってワクワクしてたけど、俺は基本、三年間つつがなく部活動やって、卒業して「むかし高校球児でしたー」って言えればそれでよかったんだ。球児ってけっこう、ウケいいし。

そりゃあ、リトルリーグのチームでクリンナップ打ってた頃みたいに、自分が天才だと信じていられれば、また違ったんだろう。でもさすがに、益岡みたいなの間近で見てたら、半年もすりゃ現実は見える。でも、それで拗《す》ねてやめるほどガキでもない。この学校で三年間野球やった実績があるなら、レギュラーじゃなくてもそこそこ就職に有利になるって聞いたし、練習はキツいけどやめる理由なんてなかった。

先輩たちがやたら感動的に引退して、ようやく俺たちの時代がきて、もちろん益岡が主将になって、初の主将挨拶《あいさつ》で「ぜってー甲子園いくぞ！」って叫んで、皆そりゃあ盛り上がった。

その日の帰り道、いつものように平野とガリガリ君とあずきバー食いながら、俺らベンチ入りはできないだろうけど盛り上げていこうぜ！　とか珍しく興奮して話し合ったのは覚えている。

でも、人生そんなうまくいかないんだよな。

何も十七かそこらで、そんな世知辛《せちがら》いこと見せなくてもいいと思うんだけどね、神様も。

秋の大会の、あれは三回戦だったと思う。益岡が試合の最中、打席で突然、腰を押さえて倒れた。ファウル打った直後だった。全然動けなくて担架《たんか》がきて、そのまま病院へ。

そこで、全て終わった。

益岡の腰は、完全に壊れていた。

夏前から、痛みはあったらしい。

だけど誰にも言わず、周囲の期待と重責に応《こた》えるために人一倍練習して、主将になってからますます頑張って——限界を超えた。

「このまま野球を続けたら、歩くことも困難になる」

医者にそう言われたらしい。

益岡は五日学校を休んで、ようやく出てきた時には、たしかにちょっと、へんな歩き方をしていた。たった数日で別人のように頰《ほお》がこけて、落ちくぼんだ目で俺たちを見回して、「すまん」と頭をさげた。

俺たちに何が言える？　言えねえだろ、何も。

練習は無理でも普通に生活するには問題ないから、野球部に残って皆のサポートをしたい。主将は、副将の江口に任《まか》せることにした、とかいろいろ話した。益岡は泣いてなかったけど、他の連中は泣いてた。

そのときはみんな、益岡を甲子園に連れていこうと言ってたけど、内心わかってたと思う。そんなの、無理だって。

でも、江口が主将になって、チームは今もそれなりに頑張ってる。

秋冬と治療に専念したおかげで、だいぶ動けるようになった益岡も、毎日じゃないけど練習に来て、トスを手伝ったり、マネージャーたちと雑用こなしたり、後輩たちにアドバイスしたりしてる。

そしていつも、俺たちを励まし続ける。試合でも声をからして応援する。

えらいと思うよ。すげえと思うよ。本当によくやってくれるし、感謝してる。

部室で熱心に試合の分析《ぶんせき》をしてた益岡の姿が、頭に浮かんだ。

背が高くて、がっちりしてて。でも秋大会の時より、一回りも細くなった。

そこにいるだけで圧倒するようなオーラがあったのに、部室の益岡は、なんだか身の置き所がないみたいな顔で。

「……ちょっと……しんどいよなあ……」

時々、どうしてもそう思ってしまう。たぶん、他の奴らもそうだろう。

でも、一番しんどいのは益岡にきまってる。どれだけ悔《くや》しくて辛《つら》い思いを呑み込んでここにいるのか、わかってる。

だから誰も、なにも言わない。

前と同じように、みんな笑ってる。

2

練習まみれのゴールデンウィークが終わると、練習まみれの普通の日が始まった。休みより、普通の日のほうがよっぽどマシだ。だって授業中に爆睡《ばくすい》して休めるから。ときどき教壇からイヤミやそれ以外のものがとんでくるけど、そんなもん、放課後の超絶的なシゴキに比べれば、羽根で頭撫《な》でられてるようなもんだ。

でも中間考査のテスト範囲を知ったときには、もう少し起きていてもよかったんじゃないかと後悔した。もっとも、テストのたびに思うんだけど。

テスト期間中はさすがに練習は軽めになるから、家でとにかく詰めこめるだけ詰めこんで、あんまり頭を揺らさないようにして学校に行った。

結果は——まあ、細かいことはいい。結果的に卒業できればいい。追試《ついし》をいくら受けようとも！

とにかく試験が終わって、なにかに勝った気分で練習に向かう。部室で練習着に着替えて準備して、おきまりのジョギングだのストレッチだの済ませた頃、オクギョがやってきた。

　オクギョ、イコール我らが監督。

　名字の奥田《おくだ》と、木魚《もくぎょ》が合体して、オクギョ。木魚は、ちょっと独特の形をした頭部が似ているから。うしろから見るとたしかにポクポクやりたくなるし、古典の授業中は気のいいおっさんだけど、練習中はめっちゃ怖い。まあ練習中は帽子かぶってて木魚見えないしね。

　オクギョはぐるっとまわりを見回すと、俺を見つけたところで動きを止めた。

「須藤《すどう》、ちょっと来い」

　それだけ言って、とっとと部室のほうに引き返していく。

「なに、須藤なんかしたの」

　興味津々《しんしん》の顔で平野《ひらの》が言った。

　レギュラー連中ならともかく、俺らに直接監督が声をかけるのはものすごく珍しい。おかげで他の連中までこっちを見てる。

「さあ……？」

　もしかしてテストの点数やばすぎて練習禁止とか？　いやでも今日終わったばっかだし、

採点まだだよな。

首を傾《かし》げながら部室に走ると、なぜかそこには監督のほかに、益岡《ますおか》もいた。まだ制服を着てる。そういや、アップの時にはいなかった。いつも早めに来て、下級生と一緒に準備してるのに。

益岡は俺を見て、にやっと笑う。え、なに。キモいよ？

「須藤、おまえは今日から徹底的に走りこみをしろ」

オクギョがだしぬけに言った。

「は？」

「おそらく毎試合、代走に出てもらうことになる。走塁《そうるい》の精度をもっとあげるんだ」

「はい」

「おまえは、益岡専用のピンチランナーだ」

「はあ？」

監督相手にハァ？　はやばいだろと思ったけど、でちゃったもんはしょうがない。普段なら即座に拳《こぶし》がとんでくるところだが、監督は何も言わずに益岡を見た。俺もつられて見た。益岡はまだにやにやしている。

「知っての通り、益岡は腰が悪い。だが、必死にリハビリを続けてきたおかげで、だいぶよくなってきてな。たった今、病院で練習復帰のお墨付《すみつ》きをもらってきたところだ」

ああ、だから制服なのか。テスト終わってメシ食って病院行ってとんぼ返り。元気なやつだ。

「試合、でられんのか」

ちょっと信じられなくて、益岡に訊《き》いた。我《われ》ながら、声が少し弾《はず》んでいる。皆に言ったら、どんなに喜ぶだろう。

でも益岡は、笑顔をちょっと苦いものに変えて首をふった。

「一試合フルは無理だ」

「そ、そっか。そりゃそうだよな」

「でも、一打席ならいける」

一打席。てことは、

「ピンチヒッターか」

俺の言葉に益岡は大きく頷《うなず》く。

「ただ、益岡に出来るのはそこまでだ」

オクギョが頭をきらめかせながら言った。室内なのにまぶしいってどうなの、オクギョ。

俺のおやじより若いのに。

「何がなんでも出塁《しゅつるい》はしてもらう。そこからホームを狙《ねら》うのは、須藤、おまえの役目だ」

「は、はあ」

「いいか、須藤。今までの代走《だいそう》とはわけがちがう」

オクギョは腕を背中のうしろで組んで、真顔で俺を見た。

「試合の終盤《しゅうばん》、ここぞというところで必ず益岡は打つ。だからおまえも必ず試合に出るんだ。おまえたちは二人でひとつだ。二人で、決勝点をたたき出すんだよ」

熱血口調につられて俺も条件反射で元気にハイッて応《こた》えたけど、実はいまいち頭がついていかない。

「おまえは走塁のセンスが抜群だ。ランナーは、足が速けりゃいいってわけじゃない。須藤には、生まれながらのセンスがある」

どうしたのオクギョ。悪いもんでも食ったのか。

俺、野球部入ってオクギョに褒《ほ》められたの、初めてなんですけど。

「だから俺は、おまえを代走に出す時にいちいち指示は出さなかった。おまえは自分でタイミングを計って、半分以上、盗塁《とうるい》を成功させた。たいしたもんだ。だが、これからは半分じゃ駄目だ。全て成功させるつもりでいけ。二塁を目指すだけじゃない。三塁、そしてホームも。ヒットが出なくても、おまえはホームに還るんだ」

「は、はい」

「毎試合、益岡とおまえがセットで出てれば、当然、他校はおまえらをマークしてくるだろう。益岡に打たれないよう、須藤に盗まれないよう、徹底して対策してくるはずだ。だが益岡は必ず打つし、須藤は必ず盗まなければならない。いいか、おまえは今日からプロの代走屋だ」

いやアマチュアですから——とかどうでもいいツッコミをする間もなく、オクギョは輝きながら部室から出て行った。

俺はまだぽかんとしていた。

益岡と目が合う。

「——と、いうわけ」

笑いながら、奴《やつ》は言った。

「というわけじゃねーよ。おまえ専用って何よ」

「須藤は俺以外の代走では出ない。逆に言えば、俺の代走で必ず出る。そして俺は、毎試合必ず一打席は出る。試合を決定づける場面で」

「でもそれなら、俺が代走出た後で、おまえが代打《だいだ》に出たほうが確実に点とれるんじゃねえの？」

「それは、他の代走に任《まか》せればいい。塁にちょっと足が速いランナーがいるなら、それを俺が還すのは、そんなに難しいことじゃない」

「じゃ、こないだの試合も、ラストバッターが江口《えぐち》じゃなくておまえなら、確実に点入れてたって言いたいわけ？」

「入れてたな」

あっさりと言いやがった。

「あのとき須藤は自力でセカンドまで行っただろ。それで俺が打席にいたら、まちがいなくおまえをホームに還してたよ」

うわあ。なんだ、そのものすごい俺様な発言は。

「どっちにしろあの点差じゃ、一点返しても意味がない。だから、あそこで須藤を使うのはダメだ。たしかにピッチャーを精神的に揺さぶるという点では効果的かもしれないが、ほしいのはもっと確実な点だ。だから、ああいう場合なら、まず俺が打ってランナーを還して、自分も出塁する。そこからは須藤の役目だ。監督の言った通り、タイムリーなんか期待するな。おまえ自身の力で、どんどん塁を盗むんだ」

「……なんかそれって、他の奴らはどうせ打てないって言ってるように聞こえんだけど」

「そう言ってんだよ」

ちょっと待て。

益岡ってこんなやつだったっけ？

俺はそんなに仲いいほうじゃないけど、すげー才能のわりにぜんぜん俺様じゃなくて、わりと気を遣《つか》う性格だってことは知っている。

少なくとも記憶では、ばりばりスタメンの頃も腰やってからも、いつも皆にアドバイスしてる印象なんだけど。

「もちろん夏までには江口たちだって対策練って、少しは打てるようになってるだろ。でも、東明《とうめい》の木暮《こぐれ》や広栄《こうえい》の永瀬《ながせ》を崩せるか？　とくに木暮は、うちが一番苦手なタイプだろうが」

サウスポーの木暮の特徴は、多彩な変化球だ。

ストレートのスピードは武山《たけやま》より落ちるぐらいだけど、とにかくコントロールがいい。とくにスクリューは完全にお手上《てあ》げだ。つか高校生が簡単にスクリュー投げんな。やるなら、甲子園《こうしえん》行ってからでお願いします。

「甲子園に行ったら、あのクラスの投手はぞろぞろいる。選球眼《せんきゅうがん》やバットコントロールは、もう生まれついてのもんだ。あいつらに今から対応できるわけがない」

おい。

「ヘタにでかいの狙《ねら》ってフォーム崩してスランプにでもなったら目も当てられない。それより、確実にバントやスクイズを決められるようにするんだ。それならまだ、努力でなんとかなる」

おいおい。

「それにおまえがうろちょろするのは、ピッチャーにとっても相当負担がでかい。あっちが動揺してくれれば、甘い球も来る。だからまずは俺が突破口開いて、おまえが走るのがベストなんだ。──おい、須藤。聞いてんのか」

黙りこんでる俺に、益岡がいらだった顔で言った。

「きいてるけどー」

「けどー、何だ」

「おまえの言い方が気にくわねえ。なんか皆のことバカにしてねえ？」

「今の戦力で確実に勝とうって話だろ。皆で甲子園に行きたいだけだ」

「今の話、皆にしていいのかよ。どうせおまえらじゃ打てねえからって」

益岡は鼻で嗤《わら》った。

「したければすればいい。あいつらだって言われるまでもないと思うけどな。俺の穴を埋めようと必死になって、今まで打ててた球も打てなくなってる」

自分の口がへの字に曲がるのがわかった。

益岡の言うとおりだ。皆、明らかに調子を崩してる。

とりあえず今までは、益岡まで何とかつなぐのが大前提だった。益岡を中心に、それぞれの役目が決まってたんだ。それがなくなって、全然、攻撃のパターンがつかめてない。

それでもなんとかシードとれたのは万々歳《ばんばんざい》だけど、夏までに修正できるかって訊かれたら、たしかに微妙かもしれない。

誰も、益岡の穴なんて埋められない。わかってるのに、どうにもならない。それでよけいに焦《あせ》る。

「切り札《ふだ》があると思えば、あいつらだって少しは気が楽になる。とりあえず、なんとか一人、塁に出ればって思える。終盤に、そういうはっきりした目的があるのとないのとじゃ、全然ちがうだろうが」

「……まあ、そりゃそうだけど」

益岡の言うことは、いちいち正論だ。

こいつは俺より、レギュラー連中の性格や癖《くせ》だってよく知ってる。

奴らにとっても、代打の切り札として益岡が控《ひか》えてると思えるのはどれほど頼もしいか。

もう益岡は潰《つぶ》れたと思いこんでる相手校にとっても、どれだけ脅威《きょうい》か。

　そう、冷静に考えれば、うちが優勝するとしたら、こういう方法をとるしかない。野球は、点をとられなければ負けないけど、点をとらなかったら勝てないんだから。

　わかってる。わかってるんだけど、もやもやがとまらない。でも、もやもやしてようが、どうせ俺の答えはひとつしかない。監督命令に、俺が逆らえるわけがないんだから。

「わかった。やるよ、おまえ専用のピンチランナー」

　それまで妙にえらそうだった益岡の顔が、途端にゆるんだ。

「そのかわりに、死んでも打てよ。一塁までは死んでも走れよ」

「当然。よろしく」

　益岡は右手を差し出した。まさか、握手とかすんの？　意味わかんねーからスルーしてたけど、益岡は手をひっこめない。にやにやしてこっちを見てる。

「はい、よろしくよろしく」

　仕方がないから、おもいきり手を握ってやった。

　そしたら倍の力で握りかえされて、俺は絶叫した。リハビリは順調という言葉に嘘はないと、身にしみてよくわかった。

＊

「生きてる？　須藤」

死んでます。

つつくな、平野。

頭のてっぺんのツボって、たしか押すと便秘《べんぴ》になるとか言わないっけ。明日、俺がトイレで悶絶《もんぜつ》するハメになったらおまえのせいだ。

「おーい、孝之《たかゆき》くん？　練習終わったよ？」

近くにいるのはわかってんだけど、なぜか声が遠い。

「……たてねえ。おぶって……」

「やだよきたねーもん」

きたねーとはなんだ。グラウンドで泥《どろ》まみれでくたばっている親友に、きたねーだと？　おまえだって似たようなもんだろ。怒鳴りたいのに、その気力もない。

「あずきバーおごってやるから、立てって。一年生が整備できなくて困ってんだろ」

「俺をよけて整備してくれ……」

あーもう、とあきれた声がして、俺はようやく平野の手を借りて起き上がった。

うお、膝《ひざ》が笑ってる。こんなん久しぶり。

「今日はガリガリ君グレープフルーツ味が食いたい」

部室にむかって引きずられながらぼやくと、ぎょっとした顔で平野がふりむいた。

「まじで？　どうしたの？」

「クエン酸が切実にほしい」

「味はグレープフルーツでも、クエン酸は入ってないんじゃね？」

そんなもんどうでもいいんだよ。とにかく酸味が欲しいの！

なにしろ、ずーっと走り通し。ダッシュ何本やったんだっけ。いや何本じゃねえ、何十本だよ。

もう足パンパン。今日は最初のキャッチボール以外、ぜんぜんボールに触れなかった。

「にしても、監督と益岡となに密談してんだと思ったら、ピンチランナーの特訓ねえ。よかったじゃん」

「何がよかったんだよ？」

我ながら、ものすごくうらめしげな声が出た。

「益岡とセットなら、夏もベンチ入り確実じゃん」

「……まあそりゃそうだけど」

「本当によかったよ、益岡も出られるようになってさ。代打でもやっぱ、いるのといないのとじゃ全然ちがうよ」

平野の声は弾んでる。

平野だけじゃない。監督が、益岡は今日から練習に復帰するって言ったとき、すげえ歓声があがった。江口とかマジ泣きしてたし。

益岡もすごく嬉《うれ》しそうな顔して挨拶《あいさつ》してて、部室で見せた傲慢《ごうまん》たらたらな表情なんて、ちらとも見せなかった。

オクギョは、益岡が俺に説明したようなことを、もっと遠回しに、皆のプライドを傷つけないようなかたちで説明した。そうだよ、益岡もそういうふうに言えばいいんだよ。同じことでも、言い方ってもんがあるんだよ。

みんな、普通に喜んでた。あいつらの目には、今の益岡はすごいピンチを乗り越えてやっと戻ってきた、えらく頼もしい男に見えているんだろう。

事実ではあるけど、また一緒にがんばらせてくれって白い歯輝かせてさわやかに言ってるこの口が、どうせあいつら打てねえと吐《は》き捨ててたことなんて知らないんだろうな。今ここで、平野に益岡が言ったことそのまま教えたら、どう思うかね。

意地悪く考えながら、部室のロッカーに半分よりかかりながらなんとか体を拭《ふ》いて着替えを済ませ、よろよろしながら帰ろうとすると、

「おい、須藤」

奥にいた益岡に呼び止められた。またおまえかよ！

「なに」

「これ、読んどけ」

茶色いものを放って寄越《よこ》す。何かと思ってみれば、封筒《ふうとう》だった。厚みがある。

「なにこれ」

「各校のエースの特徴。映像の編集がもう少しかかるから、データ先に頭にいれとけ」

だからなんでそうえらそうなの、おまえは。

「はいよ。あざっす」

これ以上よけいなことを言われないうちにさっさと部室の外に出た。

ああ、夕陽《ゆうひ》が目に沁《し》みる。大きく深呼吸すると、うしろから平野がついてきた。

「気合い入ってんなー、益岡」

「あーねー」

「見して、それ」

興味津々て顔で、俺が右手にもったままの封筒をつつく。渡してやると、わくわくして中身を取り出した。

「すげ！　これ益岡がつくったの？」

「そうなんじゃね？」

横目で見ると、各投手ごとのデータがきれいに整理されている。

春大会最後の日、部室で大きい体を丸めて一所懸命《いっしょけんめい》なにかを書いてる益岡の姿が浮かんだ。あのあと家で、ちゃんとパソコンで清書《せいしょ》したらしい。マメなやつ。マネージャーに頼めばいいのに。

「そういやあいつ、試合中やたら移動してたなあ。四方から見て、観察しまくってたんだな」

「へー」

益岡がうろうろしてたんなら、さぞかし目立っただろう。

って、待てよ。それじゃあいつ、春大会はもうハナから、専用ランナーの構想があって、そのために観察してたってことか。

「よかったな、これ、須藤もずいぶん助かるじゃん？」

「べつに関係ねえよ。スチールできるときはできる、できないときはどうやったってできねえんだから」

「できねえのを極力なくすためだろ。がんばれよ。おまえ、ベースに滑りこむときすっげえかっこいいしさあ」

平野は無邪気《むじゃき》に笑う。

……うん。平野、おまえはいいやつだ。ほんっとーに、いいやつだ。

そりゃあかわいい彼女もできるよ。しょうがない。クリスマスとかバレンタインの前後はちょっと友達やめたくなるけどな。

平野がベンチ入り目指してすごく頑張ってきたのは、一緒にやってきた俺が一番よく知ってる。

もちろん、夏大会まで時間はある。あと二ヶ月弱。今まで一度もベンチ入りしたことなくても、これから何があるかわからない。誰にでも平等に、チャンスはあるのだから。

——でもそんなの、ただの建前《たてまえ》にすぎない。

そんなことは、平野もよくわかってる。

たくさんの部員が、諦《あきら》めながら、でももしかしたらって一縷《いちる》の望みに縋《すが》りながら、毎日泥まみれになっている。

平野たちからすれば、もう背番号をもらえることがほとんど決まってる俺は、うらやましいかぎりだろう。

平野はいいやつだから、素直に祝福してくれる。

でも面白くないやつだっているだろう。

「でもさ。俺、秋はベンチ入りできなかったじゃん？　秋は吉川《よしかわ》が入ってただろ」

単純に五十メートル走のタイムだけを見るなら、吉川のが俺より速い。あいつも代走が多かったけど、その後だいたい、セカンドの守備にも入ってた。吉川は守備もけっこういいし。一度か二度、打席に立ったこともあったんじゃないかな。

でも春、吉川はベンチ入りできなかった。かわりに入ったのは、俺。

吉川と目が合ったときの、あのなんともいえない表情が忘れられない。なんとか笑おうとしてそのまんまかたまっちゃったみたいな。

「春、背番号もらったとき、信じられなくてさ。だって外野は余《あま》ってたし。それでも、やっぱ嬉しいこた嬉しかったよ。あれから守備練だってむっちゃ気合い入れてやったし」

でも結局、春大会中、俺がグラブをもって外野に入ることはなかった。本当に最後の最後、代走に出るだけだった。

そのくせ、ほとんど毎試合、代走に出た。べつに必要ないんじゃないって場面でも。春大会はいろいろ試す機会でもあるし、俺にはよくわかんないけどオクギョにはなんか考えがあんのかなって思ってた。でもそれは――

「結局、オクギョと益岡は、はじめっからこうするつもりで、俺を使ってたってことだろ」

平野はデータを見ながら、「ま、そうなるなあ」と頷いた。

「それってどうなの？」

「何が？　おまえの走塁がダントツだって認められたってことだろ？　よかったじゃん」

平野、おまえはいいやつだ。

いいやつだが、ちょっとアホだ。そこがいいのかもしれんけど。

「スチールで一番大切なのは、スタートダッシュじゃん。俺が見てても、それは吉川より須藤のがいいんじゃねって思うし」

たしかに俺は、ガキの頃から、そのへんはけっこう得意だった。スタートダッシュもだけど、投手との駆け引き――いや、そんなたいそうなもんじゃないけど、なんとなく、あっこいつ牽制《けんせい》するな、とかそういうのはカンでわかる。今ならいける、とか。

これは言葉では説明できない。もっともただのカンだから、みごとにはずれて刺されることもあるんだけどさ。

「遠慮することねぇよ。背番号は実力でとるもんなんだから。吉川だって、ちょっとウダウダしてたけど、今は納得してるだろ。おまえは俺らへたれ組の希望の星なんだから、がんばってくれよ」

紙を丁寧《ていねい》に封筒にいれると、その封筒で思いっきり俺の背中をたたきやがった。

実力か。

ほんとにそう思うか、平野。たとえば、益岡が怪我《けが》してなかったら——この春、俺はベンチにいたと思う?

喉《のど》まででかかった言葉を、ぐっと呑みこむ。こんなこと言っても、平野が困るだけだ。

その後は、ゲームとかぜんぜん野球に関係ないことをうだうだ話して、いつも寄るコンビニまで来た。

「今日ほんとにガリガリ君?」

アイスのケースをあけて、平野がご丁寧に確認した。

「なに、マジで奢《おご》ってくれんの?」

「まあお祝いってことで」

「じゃ遠慮なく」

何年かぶりにガリガリ君を食った。

まあ、悪くはない。でもやっぱり、あずきにはかなわねえ。

かみ砕く勢いで食いまくってると、

「あ」

棒に、アタリの文字。

「すげ。幸先《さいさき》いいじゃん！　すんませーん、アタリ出たんでもういっぽん！」

平野が嬉々《きき》として、アタリ棒とソーダ味を交換した。

もちろんそれは、平野にやった。

なんであずきバーにはクジがないのかねえ。

3

特訓は続いた。

ひととおり基礎練《きそれん》をこなした後は、まっつんコーチとマンツーマンで走塁《そうるい》の練習。

まっつんは陸上部の顧問《こもん》にもアレコレ聞いてきて、えらい熱血指導をしてくれるけど、最近俺が野球部員だってことを忘れてるんじゃないかと不安になる。

益岡《ますおか》はといえば、ものすごく時間をかけてストレッチして、たまにトスバッティングをちょっとやるかなってぐらい。で、早めにあがって、病院行ってリハビリ。

練習に復帰したっていっても、今の益岡にはこれが精一杯ってことだ。

故障する前は、一日千回の素振りを欠かしたことはなかったらしい。もちろん、家に帰ってから。しかも二キロのバットで。

あほか。そりゃ腰壊すだろ。

そりゃ甲子園常連校だと普通のことらしいけど、腰痛いと思ったなら、そこでやめとけよ。金かけてる強豪《きょうごう》は、なんかあっても万全の態勢敷いてるだろうけど、うちはしがない公立なんだからさ。

もちろん今は、素振りなんてろくすっぽできないわけで。そんな状態で、代打《だいだ》の切り札《ふだ》なんて自称してんだから、たいしたもんだよ。

毎日必死にバット振って、ピッチャーの生きた球を打ってるやつよりも、ろくに素振りもできない自分のほうが確実に打てるってんだから。

――ああ、なんかこういう考え方、すげえいやだな。

自分でもうんざりする。でも、もやもやがとまらない。

練習中、視界の端で、黙々《もくもく》と腰の筋肉鍛《きた》える訓練とかしてる姿を見ると、どうしても集中がとぎれる。

一番もどかしい思いをしているのは益岡だ。それは、わかってる。

本当はすぐにでもバットつかんで、ケージ入ってがんがん打ちまくりたいだろう。がまんして、大会に最善の状態で臨むために、今がんばってる。

わかってんだよ。だから、俺は自分のことだけ考えてればいい。

専用のランナーっていっても、べつに二人でなにかするわけじゃない。ただ毎試合、益岡が打って頑張って一塁《いちるい》まで走って、そのあと俺にバトンタッチするだけ。

それだけ。

あいつは打つだけ。俺は走るだけ。

自分の仕事だけきっちりやればいい。

「須藤《すどう》、こないだ渡したＤＶＤ見たか？」

ちょうど十日が経《た》った日だった。

着替えて帰ろうとした俺に、益岡が声をかけてきた。

そう言われてはじめて、四日前に益岡が編集したＤＶＤを借りたのを思い出す。

「あー、悪《わり》ぃ。まだだ」

益岡の顔が目に見えて険《けわ》しくなる。

「週末、吉高《よしこう》との練習試合なんだぞ」

「ごめん、それまでには見るよ」

「おまえ、前に渡したのもろくに見てないだろ」

う、ばれたか。まあ昨日、どっかのエースの話ふられたときに、全然答えられなかったしな。

「いや、見たよ。でも俺、頭悪ぃからさ。すぐ忘れんだよ。試合前にちゃんと該当《がいとう》するやつは見るからさ」

「それじゃダメなんだ。普段から、ちゃんとイメージして走らないと。そのためにせっかくつくったのに」

頼んでねえよ。

――なんて言ったら、部室、凍るだろうなあ。

ほら、今だって、高村《たかむら》がちらちら心配そうに見てる。

「悪かったたって。帰ったら見るよ。そんじゃ」

皆様の心の平穏のためにも、小走りで部室を出た。

先に出てた平野《ひらの》が、妙に幸せそうな顔して携帯で話してる。あ、このやろう、ユナちゃんかよ！　足を踏んづけて先に歩くと、平野がおおげさに飛び跳ねながらついてくる。うぜえ。

「須藤、待てよ」

うしろから声がして、二人ともぎょっとしてふりむいた。

益岡だった。

俺になんか言おうとして、平野が電話してることに気がつくと、無言で顎《あご》をしゃくった。

部室の裏に来いってことらしい。

あー、もう。めんどくせえな。

「悪ぃ、平野。先帰ってて」

小声で平野に言って、しかたなく益岡の後についていく。

部室の裏手には、でっかい銀杏《いちょう》の木がある。その下には、いくつかタイヤが並んでいて、そこそこの広さがあった。

どうしても練習に耐えられないときは、こっそりここに来てサボったもんだ。部員のほとんどは、一回ぐらいはやったと思う。

たぶん、目の前にいるこいつはしてないだろうけど。

「なんだよ。ちゃんと見るっつってんじゃん。まだ他になんかあんの？」

俺は不機嫌《ふきげん》まるだしで言った。

益岡の顔が怖いんで実はかなりびびってたけど、気取《けど》られるのイヤだし。

益岡は腕組みをして、じっと俺を睨《にら》みつけていた。目がでかいから、無駄に迫力ある。

打席から睨まれるピッチャーは、さぞ怖かったことだろう。

「おまえ、やる気あんのか」

おー、ドスきいてる。おっかないおっかない。

「あるよ。なかったら毎日足パンパンになるまで走ると思う？」

「だったらもっとちゃんとしてくれよ。おまえ、自分にどんだけでかい責任かかってるか、わかってんのか？」

あ、やばい。腹のあたりがムカムカする。抑《おさ》えろ俺。大人になれ。

「おまえがそんなんじゃ、ベンチから外れた奴《やつ》に申し訳ないだろ。ベンチ入りするっていうのは、全員の今までの練習に責任もつってことなんだぞ。なのに――」

「なんでおまえにそんなこと言われなきゃなんねーの」

益岡の声を遮《さえぎ》って、勝手に口が動いた。ダメだ、腹の中が爆発したっぽい。

「そんなの、おまえが勝手に決めたことじゃん。俺は益岡専用のランナーなんだろ？　おまえのためだけにいるんだろ？　だったら、全員のぶんとか、おかしいじゃん」

「何言ってんだ。おまえ、試合に出るためにいるんだろ」

「でもそれって結局、益岡に利用されるだけみたいなもんだろ？」

俺が吐き捨てても、益岡は意味がわからないって顔をしたまんまだった。

「だいたいさあ、おかしいだろ。おまえが走れないから、後は頼む？　代打《だいだ》で出たら必ず打つ？　何それ。そのたった一打席のために、おまえよくベンチに入れるね。すっげえ頑張ってきて、フルで打って守れる奴らたくさんいるのにさ」

益岡の顔が、さっと青ざめる。ああ、いちおうそのへんの自覚はあるんだ？

「まあ、おまえは元々主将だったし、やっぱ要《かなめ》だったし、いてもいいと思うよ。けど俺はなんなの？　おまえの代わりに走るためだけに、枠《わく》ひとつ潰《つぶ》すのってアリなの？　吉川《よしかわ》とかに悪くねえの？　おまえはたしかにすごい奴だよ、でもそこまでやる権利あんのか」

益岡は、眉《まゆ》を寄せて、何度かまばたきをした。

「須藤、いやだったのか？」

「いやとかそういう話じゃねえよ！　なんでわかんねえかな」

自分でもびっくりするぐらい荒っぽい声が出た。俺がびっくりしたぐらいだから、益岡のほうは目をまんまるにみひらいて固まっている。

「あのさ、故障《こしょう》したのはほんと気の毒だと思うよ。でも、なったもんはしょうがないだろ。ヘタしたら歩けなくなるかもとまで言われたんだろ？　なのになんでそんな必死に、しがみつくわけ。一試合に一打席出ることが、なんでそんなに大事なの？　それで一点入ったからって、それが何？」

大きかった益岡の目が、だんだん細くなっていく。

性格そのままの、まっすぐあがった太い眉の間に、深い深い皺《しわ》ができる。

「……本気で言ってんのか」

「本気だよ。そこまでして勝たなきゃなんねえもんなの？　それより皆で頑張ったとか、そういうほうが大事なんじゃねえの？」

底光りするような目に気圧《けお》されそうになって、俺はますます声を張りあげた。

「前は完全に、おまえ一人のチームって感じだったよ。おまえがいるから甲子園《こうしえん》行こうって盛り上がったんじゃん。全国行けば、おまえだってドラフト有利になるしさ。でも益岡、もう野球できないだろ？　悔《くや》しいけど、それが現実だろ。だったら何がなんでも甲子園に行く必要なんて、もうないじゃん。それより、もっと他に——」

「勝たなきゃ、意味がねえだろ！」

今度は益岡が声を荒らげて、遮った。

一瞬、心臓が縮こまった。

俺らもいつも喉《のど》かれるほど声出してるけど、こいつの声量はハンパない。益岡はなにもかもがデカいのだ。

なのに、なんで今こんなにちっこく見えるんだろう。

「三年間、ボロボロになるまでやってきたのは勝つためじゃねえのか。楽しく思い出作りするだけなら、ここまで練習する必要なんてないだろ。言ったはずだ、俺はこのメンバーで甲子園に行きたいんだよ！」

「そんなこと言ったって、無理なもんは無理なんだよ！」

いいかげん現実見ろよ、益岡。もううんざりなんだ。

「たかだか代打と代走に、何ができると思ってんだよ。そりゃあさ、一試合ぐらいは、うまくはまって、点とれるかもしんねえよ。劇的な逆転もあるかもしれない。でもそんなの、まぐれだろ？　終盤《しゅうばん》の代打ってのはふつう、出番がなかった奴の思い出打席。代走は、試合じゃ使えないけど今まで頑張ってきた奴に、せめて試合にちょっとでも出してやろうっていう、ありがたいご褒美《ほうび》なんだよ」

「そういうパターンが多いってだけで、代走も代打も立派な戦術だ。少なくとも俺たちは違うだろ」

「同じだよ。オクギョは、おまえに怪我《けが》させた罪悪感があるから、せめて試合に出してやろうとしてるだけだ。試合を決めるのはおまえたちなんて言って盛り上げてるけど、結局そういうことなんだよ。おまえは、いつもチームの中心にいたから、オクギョのそういうとこ、わかんねえかもしんないけど」

益岡は茫然《ぼうぜん》としていた。やっぱり、そんなの考えもしなかったんだな。

「なのにおまえ、真《ま》に受けて、他の連中は打てないから自分の一振りで決めるとかさ。皆で甲子園行きたいって言ってるくせに、結局、自分の力しか信じてねえじゃん」

「……そんなつもりじゃ」

「そうなんだよ。だいたいさ、怪我した時点でやめないで健気《けなげ》にお手伝いとか、そういうところからして空気読めてねえんだよ。おまえが残ったら、こっちが逆に気い遣《つか》うことぐらいわかんねえのかよ？　本当に野球部を思うなら、とっととやめてリハビリに専念したほうがよかったのに」

一度は真っ赤になった益岡の顔から、またみるみるうちに血の気《け》がひいた。

ああ、やばい。こんなことまで言っちゃだめだろ。それはいけないだろ。

そう思うのに、もうとまらない。ずっとわだかまってたもやもやを全部ぶつけないと気がすまないところまできてる。

「そもそも私学のスカウト蹴《け》ってしょぼい公立に来たのってなんで？　ここなら確実にお山の大将になれるからじゃねえの？　要するにおまえは、今もただ意地になってるだけで、俺たちを巻き――」

最後まで言えなかった。

苦しい、と思った次の瞬間には、背中にすごい衝撃がきた。

視界がぶれて、何がなんだかわからない。

「おまえに……何がわかんだよ……！」

押し殺した声が聞こえた。

頭ぐらぐらしてても、これはわかる。怒りとかそんなもんじゃない。圧縮に圧縮をかさねてもうヤバイってかんじの。全身の毛が逆立《さかだ》つのがわかるぐらいびりびりくるこれは、もう、殺意っていっていいんじゃないのか。

苦しい。うまく息ができない。

睨みつけたいのに、視界がきかない。でもたぶん、すぐそこにいる。人の胸ぐらつかんで、締めあげてやがる。

何がわかる？　わかってるよ、益岡。俺だって目はついてんだ。

故障《こしょう》がわかって、ぱったり来なくなった報道陣。スカウトのおっさんたち。

フェンスの前に群がって、あれだけきゃあきゃあ言ってた女子も、いつのまにかずいぶん数が減った。

あれだけもちあげてたのに、一度使えなくなったら、見向きもしない。

あれだけきらきらした場所にいて、もっときらきらした未来が手に入るはずだったのに、あとはただ、忘れ去られていくだけ。

どうしてもこのチームで甲子園に行きたかったせいで。そのために、誰より頑張ったせいで。ぜんぶ、失った。

勝手に故障したなんて言えない。俺たちのせいでもある。俺たちみんなが――マスコミも含めて、無責任に益岡を煽《あお》り立てたから。こいつは、それに必死で応《こた》えようとしてた。

益岡が潰れた後、加減を知らないとか、精神論より合理的な練習をすべきだったとか、なんも知らないくせに、知ったふうなこと言うやつには、むちゃくちゃ腹がたった。

俺たちは、まだガキなんだ。ガキがガキなりに、必死にやった。そりゃあ、やりすぎることだってあるだろ。まして、力があるやつなら。やればやるほど、どんどん成果が目にみえる、幸せなやつなら。

それを責める権利なんて誰にもない。そう思ってた。同情もしてた。

でも、だからってなんで今も、こいつのためにここまでやらなきゃなんない？

おまえが未練がましくいるせいで、俺たちはずっと、針の筵《むしろ》だ。

俺は、益岡のおまけじゃない。

益岡のために、三年間やってきたんじゃない！

「益岡！」

切羽詰《せっぱつ》まった声が聞こえた。

途端に、呼吸が楽になる。開いた気管が、必死に空気をとりこもうとして、猛烈な咳《せき》がでる。

ずるずると体が落ちた。ああ、フェンスにたたきつけられてたのか。部室の壁じゃなくて、まだよかった。

「須藤、大丈夫か」

ああ、平野か。助かった。

うん、と言おうとしたら、またぞろくちゃくちゃ咳が出た。

「須藤、言い過ぎだよ。謝れ」

……なんだよ、ずっと立ち聞きしてたのかよ。趣味悪ぃな。

咳がおさまるのを待って、顔をあげる。すぐそばに、平野の顔。そのむこうに、魂《たましい》が抜けたような表情で、益岡が俺を見下ろしていた。立ち上がって、益岡を睨みつける。

「言葉は悪かったかもしれないけど、間違ったことは言ってない」

「須藤！」

平野の声を無視して、逃げるようにしてその場を後にした。

くそ、喉が痛《いて》ぇ。背中も痛ぇ。

だけど、腹ん中が一番へんだ。

あんなこと言うつもりじゃなかった。後悔してももう遅い。いったん、口に出したものはもう取り消せない。

これで俺は、ベンチ入りから外されるかな。

それでいい。それがいい。

吉川とか、もっと頑張ってる奴はいる。俺みたいに適当に流してるんじゃなくて、心の底から試合に出たくてがんばってる奴らが。

——そのほうが、いいんだ。


翌日、益岡は学校に来なかった。

俺も夜いろいろ考えて吐《は》きそうになって全然眠れなかったし、すっげえ行きたくなかったけど、練習休むわけにいかないから、仕方なく行ったのに。益岡は結局、練習にも最後まで姿を見せなかった。おそるおそるオクギョに訊《き》いたら、

「腰が痛むんだってよ」

と憂鬱《ゆううつ》そうに答えた。

腰。ほんとだったら、やばい。ほんとじゃなくても……まあ、やばい、よな。

「監督。あいつほんとに、ちゃんと打てるんですか？」

この際だから思い切って訊くと、オクギョは頷いた。

「俺も心配になって、一緒に医者に訊きに行ったんだ。そしたらたしかに、一打席ぐらいならってことだった。だんだん、バットも振れるようになってきたし、夏大《なつたい》には間に合うだろう」

あとは、またやりすぎないように気をつけないとな、とため息をついた。

オクギョも辛いとこだ。金の卵が潰れれば、どうしても指導者が責任を問われる。

オクギョは別に、無茶な練習はさせてなかった。むしろ、練習のしすぎを戒めるほうだった。でも、学校を離れたところでは、どうしようもないもんな。

いまいち身の入らない練習を終えての帰り道、平野とも微妙に気まずかった。昨日は結局、あのまんま一人で帰ったし。

電車に乗って、平野が降りる駅が近づいたとき、「ちゃんと謝っとけよ」とぼそっと言われた。

「……だって来てねえし」

「なんのための携帯だよ。つーか昨日あれからメールひとつしてないってのが信じられないよ、俺は」

「俺だけが悪いのかよ」

「だけじゃないかもしれないけど、須藤のほうがより悪いのは確か」

そうですか。くそう、今日はキツいな。

キツいと思うのは……まあ、自覚があるから、だろうな。くそ。

「……電車で、文面考える」

「そうしろ。じゃな」

あいたドアから、平野は片手をあげて出て行った。

わかってるんだ。昨日だって、何度メールしようと思ったか。でも、あれだけのこと言って、メールで今更《いまさら》なに書けって話じゃん。

俺、そんなにキレやすいほうじゃないのになあ。ほんと昨日はどうかしてた。

とりあえず今日、直接謝るしかない。そう思って来たのに、益岡いねえし。腹立つし。

たしかに言い過ぎたよ。でもそれで休むか？　そういうキャラじゃないだろ？

むかむかしてたら、文面考えるどころじゃなくなって、気がついたら駅についていた。

重い体を引きずってホームに降りる。腹へった。でもなんか、帰るのめんどくせえ。

だらだら歩いて改札《かいさつ》抜けると、

「よお」

――よお？

顔をあげて、絶句した。なんでおまえがここにいる？

反射的にとびのいた俺を見て、益岡が苦笑する。

「そんなびびんなって。べつにとって食いやしねーよ」

「けっ、喧嘩《けんか》はダメだ。バレたら出場停止だぞ！」

「ちがうって。これ渡しにきたんだよ」

益岡は肩からぶらさげてたスポーツバッグから、ディスクを一枚とりだした。

「……ピッチャーのやつ？」

「いや。プロの代走屋《だいそうや》の映像」

「へ？」

「昔プロ野球にいたんだよ。代走専門として入団した選手が。オリンピックにも出たスプリンターでさ」

昨日のことなんて何もなかったみたいに、益岡はにこにこしていた。つーかなんだ、そのきてれつなTシャツは。黄色バックになんか肌が緑の人たちが踊ってるんだけど。どういうセンスだよ。

「あ、ああ。聞いたことはある」

「その映像探してさ。なかなか見つからなくて、それで学校休んじまった」

手渡されたディスクをまじまじと見つめ、それから益岡の顔をもっとまじまじと見た。

「これのために？」

「これのために」

力抜けた。俺の葛藤《かっとう》を返せ。

「なんだよ……そんなら、明日でもいいじゃん」

　わざわざ駅で待ってるとか、なんのいやがらせだよ。おまえ、逆方向だろ。そもそもなんで、俺んちの最寄《もよ》り駅知ってんだよ。誰だ教えたやつ。

「今日中に渡したかったんだ」

「なんで」

　急に、益岡は下を向いた。

「……その……昨日は、悪かった。謝りたくて……」

　げ。うそ。先に謝られた！

「いや、俺も言い過ぎたし。きょ、今日、謝るつもりだったんだけど」

　我ながらすごい言い訳がましい。でも益岡は、首をふった。

「いや、須藤に言われて、たしかに俺、すげえ焦《あせ》ってたなって思った。試合に勝ちたいってことばっかで……自分のことしか考えてなかった」

「い、いやまあ……大怪我だったし。それは、やっぱしょうがないんじゃないの……」

　なんでフォローしてんだか。今そんなんするぐらいなら、昨日あそこまで言うな。俺のバカ。

　益岡はちょっと笑った。

と思ったら、急にその場にしゃがみこんだ。

「本当に、悪かった！」

――え？

腰が痛むのかと思って益岡に手を貸そうとした恰好《かっこう》のまま、俺はかたまった。

「でも、頼む。俺のかわりに走ってほしい」

「えっ、ちょ」

待て待て。なんで両手ついてんだおまえ。

これはもしかしなくても、土下座《どげざ》ってやつじゃないのか？

「俺は一回きりの打席に賭けるしかない。でも、おまえがいなきゃ、俺が打っても意味がないんだ。頼む、このとおりだ。俺と」

「あーもーちょっと来い！」

俺は慌《あわ》てて益岡を立たせると、ものすごい勢いで腕を引っ張って駅から出た。

ぎゃー、めっちゃ見られてる。つーか駅員まで見てる。

ほんとかんべんして。駅でいきなり土下座するやつがあるか、あほ！

よくわかったぞ、益岡。たしかにおまえは、まわりが見えてなさすぎだ。ちくしょう、もっと泰然《たいぜん》としてるやつだと思ってたのに。こんなテンパるキャラだったなんて！　これだから体育会系はいやなんだよ！

容赦《ようしゃ》なく引っ張っていったせいで、うしろから抗議の声らしきものが聞こえた気もするが、無視してどんどん駅前の道を進む。

俺の家は反対の出口だけど、こっちの出口には公園がある。

とにかくこいつを落ち着かせるのが先決だ。今度は往来《おうらい》で土下座されたら、俺、明日から近所歩けねえよ。

もう日が暮れてることもあって、公園も人はまばらだった。

まあ、夕メシ時だしな。どっかからうまそうな匂《にお》いがする。今夜はカレーですか、いいですね。ああハラ減った。でも、こいつ放置して帰るわけにいかないし。とりあえずベンチに座らせて、近くの自販でポカリを二本買う。出費が痛いけど仕方ない。明日、平野にアイスたかってやろう。

ベンチに戻ると、益岡がぼけっとした顔で、街灯に集まる蛾《が》を見てた。昨日もこんな顔してた気がする。ポカリを渡すと、目をみひらいて、ありがとうと言った。俺がおごるのがそんなに意外か、コラ。

「昨日、あれからいろいろ考えた」

ひとくち飲んでから、益岡は言った。

隣に座るのもなんだから、俺は立ったまま、ポカリを口に流しこんだ。思ったより喉が渇《かわ》いていたらしい。うまい。

「すげえ考えた。でもやっぱり、どうしても勝ちたいってのはかわんねえ」

「……うん」

「須藤は昨日、俺の意地のために皆を巻きこんでるって言った。たしかに、それもあっただろう。でも……これが、俺がおまえたちにできる一番いいことだっていうのも、ほんとなんだ」

「なら、いいんじゃねえの」

ごく自然に、言葉がでた。

俺にはもう、言うべきことは何もない。おまえが考えて考えて、それで最善だと思うのなら、きっとそうなんだよ。それが正しいんだ。

「そうなのか？」

「そうだよ」

益岡は眉根を寄せて、投げ出した自分の足を見下ろした。

「俺さ。大会が終わったら手術すんだ」

「……そっか」

「それでも、また野球ができるようになるかは、わからない。できるようになったとしても、何年も先だ。もうプロだの実業団だのは、まちがいなく無理だ。でも、それでもいいんだ。俺は、野球がしたい。どうしても」

暗くてもわかる。目が赤い。泣くかな。こいつが泣いたの見るのって、いつ以来だっけ。そうだ、去年の夏。サヨナラ負けして、先輩に来年頼むぞって言われたとき、男泣きしてたっけ。

あのあとは一度も泣かなかったよな。腰やったときも、主将やめたときも。みんな泣いてたのに、こいつはひとり笑ってた。

――ああ。

俺は本当に、なんにもわかってなかった。そうだよ益岡、おまえが詰《なじ》った通りだ。

「野球が好きなんだ。今のチームがめちゃくちゃ好きなんだ。だから、どうしても勝ちたい。もうこれから、二度と勝てなくてもいい。でも、このチームでだけは勝ちたいんだ。いけるとこまでずっと」

目は真っ赤だったけど、涙は見えなかった。

そのかわり、声がところどころ掠《かす》れてた。

今があれば、もう二度と勝てなくてもいい。そう言えるようになるまで、こいつはいったいどれほど泣いたんだろう。どれだけ声をからしたんだろうか。

「俺だって、フルで出たいよ。それが無理でも、一打席でも出られたなら、自分の足でホームを踏みたい。がんばれば、走ることはできるかもしれない。でもそれじゃ、ダメなんだよ。勝つには、須藤の足じゃなきゃ」

赤い目が、まともに俺を見た。わずかなぶれもない、まっすぐな目。

「須藤が必要なんだ。気ばかり焦って、おまえの気持ち、ちゃんと考えてなかった。プライドを傷つけたかもしれない。それは本当に悪かったと思う。でも、わかってくれ。どうしてもおまえが必要なんだ。俺は、秋からずっと見てた。それで、須藤じゃないと駄目だって……」

「わ、わかった。わかったからちょっと黙れ」

なんか、すんげー恥ずかしいからやめてくれ。おまえ、どういう顔してるかわかってんのか。

俺じゃないとダメとかね、どうせならかわいい女の子に言ってもらいたい。変なTシャツ着た、ごつい男にじゃなくて。

「えーとさ。そういうの……たぶんみんな、ちゃんとわかってるよ」

わかってないのは、俺だけで。本当はわかってたのかもしれないけど、へんなもやもやがあって、よく見えなかった。

こいつはこんなにまっすぐなのに。本当に野球が好きなのに。俺なんかよりずっとずっと。

でも俺だって好きなんだ。めんどくさいけど、たまにヒくけど、でも好きじゃなきゃこんなアホみたいな練習やってられるもんか。

俺だって、勝ちたくないわけじゃない。甲子園に行きたくないわけじゃない。

「なんていうか……俺、急にいろいろ言われて、混乱してたんだ。試合出られるのは嬉しいのに、卑下《ひげ》して。それは俺が悪いんだ。だから、益岡が謝ることは何もないんだよ」

考えを必死にまとめようとしても、うまくできない。言ってることは間違ってないけど、本当に言いたいこととはちょっとずれてる気がする。

いや、この期《ご》に及《およ》んで、こういう逃げ腰なのはダメだな。

俺は大きく息を吸って、益岡を見た。

「俺だって勝ちたい。甲子園に行きたいと思ってるよ、益岡」

「じゃあ、走ってくれるか」

「俺が走ってやらなきゃ、おまえが打席に入る意味がないんだろ？」

「ああ」

「わかった。走るよ」

ようやく、益岡の顔が緩《ゆる》んだ。笑い出しそうな、泣き出しそうな、めちゃくちゃへんな顔。鏡を見せてやりたい。

でもまちがいなく、今、俺も同じ顔してると思う。

「ありがとう」

「恩に着ろよ。俺がホームに還ったら、あずきバー二本な」

「渋《しぶ》い趣味だな」

「けど、おまえが打たなきゃ話にならないんだからな。打率十割目指せよ」

「当たり前だろ。そうじゃなきゃ、プロでもないのに代打専門でベンチ入りなんて恥ずかしくてできるかよ」

言ったね。打率十割とかありえねーけど、言っちゃったね。しかも不敵な顔で。

何度も見た顔。ネクストバッターズサークルで、打席で。

ああ、なんだか久しぶりに見るな。ずっと胸の中で燻《くすぶ》っていた違和感が、消えていく。

俺がよく知る、超高校級スラッガー益岡和樹《かずき》がそこにいた。

おまえはやっぱり、そういう顔のほうがいいよ、益岡。

4

暑い。

七月だから当たり前だ。

天気予報では今年は冷夏だと言ってたらしいが、四十度を超えるグラウンドにいる人間には関係ない。

夏本番。大会も本番。

夏季県大会は、十日前から始まった。江口《えぐち》のクジ運はぶっちゃけ悪くて、死のブロックまでいったら言い過ぎかもしんないけど、まあかぎりなくそれに近い強豪揃《きょうごうぞろ》いのブロックに入った。シードの意味、あんまりない。

でもなんとか、じりじり勝ってきた。接戦続きだけど、勝てばいいんだ。

今日は四回戦。俺たちの試合数でいえば、三試合目。

対戦相手は、春、準々決勝で負けた吉山《よしやま》高校。エースはもちろん武山《たけやま》だ。

「へー。あいつ、クイックマスターしたんだな」

ベンチから見ていた益岡《ますおか》が、つぶやいた。

武山はかなりみっちりやってきたっぽい。ただでさえ左投手は盗塁《とうるい》しにくいのに、クイックをマスターしてきやがったんじゃ、やりにくいったらありゃしない。

でもそんなことおくびにもださずに、「どうってことねーよ」と言ってみる。こういうのは、はったりが大事だ。

見透かしたように、益岡は薄ら笑いでこっちを見た。

「いけるか？」

「いけるよ。でもめんどくさいから、どうせならツーベース打ってくれ」

「俺に二塁まで走らせるつもりかよ」

わざとらしく、腰をたたく。

でもその目はすぐに、マウンド上の武山に向けられた。

ずっとそうだ。ベンチでずっと声を張り上げながら、鋭い目で吉高《よしこう》バッテリーと守備の動きをじっと観察している。武山なんかもう、全部ばらばらにされてんじゃないのってぐらいに。

武山はちょっと立ち上がりが悪いから、まだばたばたしているうちに四球がらみで一点とったけど、それからは相変わらず、こっちの打線は翻弄《ほんろう》されてる。ちょこちょこヒットは出るし、二塁まではいくんだけど、そこから繋《つな》がらない。けどこっちも二年生エースの倉木《くらき》を投入して、二失点で抑《おさ》えてる。倉木、成長したよなあ。春は味方のエラーがあると、すぐにイラついて崩れたのに。

倉木だけじゃない。みんな春とはちがう。毎日顔を合わせてるとわかりにくいけど、試合になると、本当によくわかる。ピンチになっても、動揺しても、そこから大崩れするようなことはなくなった。

あれだけバカみたいに練習したんだから、当たり前だ。だけど、それだけじゃない。ベンチの中に、春にはなかった、デカい芯《しん》がある。オクギョの他に、もうひとつ。

五回が終わって、1対2の一点ビハインド。なんとか、このまま九回までいってほしい。

整備の時間になって、両ベンチから選手が出てくる。整備はスタンドから降りてきた仲間に任《まか》せて、俺たちは後半に備えてそれぞれアップをする。

益岡は無言でバットをつかみ、ベンチの外に出た。それだけで、球場がワッと沸《わ》く。

「まってました、益岡ー！」

「今日も代打屋《だいだや》の根性見せてくれえ！」

バックネット裏に陣取ったオッサンたちの声がここまで響く。

あのオッサンたちっていつもいるけど、仕事何してんのかな……いやいや、深く考えちゃいけないいな、うん。

益岡はなんの反応もせずに、バットを黙々《もくもく》と振り続ける。すっげえ集中してる。

俺も慌《あわ》ててベンチの外に出て、軽く柔軟をする。今からアップしとかないと。

「来たな、代走屋《だいそうや》ぁ！」

「今日もホーム狙《ねら》うか？　武山は難しいぞお」

野次《やじ》なんだか激励《げきれい》なんだかわかんない声が、俺にも飛ぶ。ありがたいっちゃありがたいけど、そろそろ益岡だけじゃなくて俺の名前も覚えてくれないかね……。

夏の初戦から見てるオッサンたちには、うちがここぞという時に代打と代走を投入することはもう知れ渡ってる。

もちろん対戦校も知ってるだろう。練習試合でも、どんどん試してたし。

マウンドに走ってきた武山が、ちらりと益岡を見る。それから俺を。目が合ったから、にやっと笑ってやった。

あ、無視された。ふふん。意識してる。

プレーが始まって、俺たちもベンチに戻る。益岡はもう何も喋《しゃべ》らなかった。やばいぐらいオーラが出てて、話しかけることもできない。

俺も、武山のフォームを確認して、繰り返しイメージする。スタートとタイミング。武山だけじゃない。キャッチャーも結構な強肩《きょうけん》で、コントロールも悪くない。それと、カバーに入るショートの動き。どこに足つっこむか。

試合は、1対2のまま動かない。

そのまま、いよいよ九回を迎えた。

倉木は二死三塁まで追い詰められたけど、最後の打者はみごと三振で仕留《しと》めた。ふらふらになって戻ってくるエースを、俺たちは手荒に迎えてねぎらった。

それから自然と皆で円陣《えんじん》を組んだ。江口が言うことは、いつも決まってる。

「ぜってー勝つぞ」

「おう」

「なにがなんでも益岡に繋ぐぞ。そしたら益岡と須藤《すどう》がぜってー点入れるから！」

「おお！」

皆のテンションが一気にあがる。

一点差ならまちがいなく勝てる。これはもう予感なんてもんじゃない。確信が、ベンチの中にみなぎっている。

打順は六番の高村《たかむら》から。粘《ねば》りに粘ったけど、残念ながら三振。

でも、ファウルでカットしまくって、この終盤《しゅうばん》に十球投げさせたのはかなりデカい。

春より腰まわりが太くなった武山は、涼しい顔をしているが、相当疲れているはずだ。

球の勢いも、さすがに落ちている。

次の打者・江口は、三球目の高く浮いたストレートを見事にとらえ、俺たちは雄叫《おたけ》びをあげた。

打球は、一、二塁間を抜ける。ベンチはもうお祭り騒ぎ。

だって塁に出ればこっちのものだ。

一死一塁。おあつらえむきじゃないか。

「益岡、行け」

オクギョが言った。おお、今日なんか渋《しぶ》く見えるよオクギョ。

「はい！」

メットを被《かぶ》り、ずっと離さなかったバットをもって、益岡がゆっくりとベンチを出る。

「選手の交代をお知らせします。八番、倉木君に代わり、益岡君」

うねるような歓声が、球場を覆《おお》う。

ああ、やっぱすげえなあ。これが、益岡なんだな。

この歓声は、数分後には、もっとでかいものになっているだろう。益岡は有言実行の男だった。打率十割。ほんとに、練習試合からずっと、それを貫《つらぬ》いてる。だから今日も、必ず打つ。試合をひっくり返す。

期待と、悲鳴じみた声が交錯《こうさく》する。学校から駆けつけてくれた吹奏楽部《すいそうがくぶ》の音量が、いっそうあがった気がした。

益岡は何度か確認するようにバットを振ると、おきまりのデカい挨拶《あいさつ》をして打席に入った。

梅雨《つゆ》が始まった頃は腰も辛《つら》そうだったけど、今は普段から素振りもしてるし、ここ数日は、打撃練習で柵《さく》越えも連発してた。このままいけば、甲子園《こうしえん》に行く頃には普通に守備にもつけるんじゃねえのって皆で笑ってるぐらい。

甲子園。そうだ、甲子園まで行けば。何があるかわからないんだ。

だって益岡は、どの試合でも奇跡のように打つ。ならこのままいけば、もっとでかい奇跡だって。

武山が、キャッチャーのサインにしきりに首を振る。

びびってるのか。それとも、大勝負にいきたいのか。どっちだってかまわない。結果は同じだ。

ようやくサインが決まって、武山が構えに入る。牽制《けんせい》なんて、ハナから考えてない。そりゃそうだ。益岡がピンチヒッターで入っているのに、そんなこと考えてる余裕はない。

監督のサインは、ヒットエンドラン。

細身の武山の体がしなり、白球がうなりをあげてとんでくる。威力がある。でも大きく外れた。左打席の益岡の腕に、もう少しでぶつかるところだった。すんでのところで避けた益岡は、少しも動揺することなく、一度、打席を外した。

昔は、打席で構える時に、大きく背中を反《そ》ってバランスを整えていた。その特徴的な、豪快《ごうかい》な動きには、ファンも多かった。

でも今は、そんなことはしない。ただ右手でバットを一度ぐるりとまわしてタイミングをはかり、静かに構える。

ベンチから見ていても、その迫力に圧倒される。誇張《こちょう》じゃなく、透明な炎が見えるようだった。

昔から打席ではすごいオーラが出てたけど、これほどじゃなかった。でも、考えてみれば当たり前だ。昔は試合中ずっと保っていた集中力を、この一瞬だけに全部ぶちこんでいるんだから。

武山が投球動作に入った。

一塁の江口が走る。

益岡の腰が、ぐるりと回った。ほれぼれするようなスイング。

高い、きれいな金属音をたてて、白球が勢いよく空に跳《は》ね上がった。

「いった！」

誰かが叫んだ。いや、誰か、じゃない。誰もが、だ。俺も叫んでた。

ボールが弾丸のように、右中間を切り裂いた。

俺もいったと思った。

けど、数センチ、高さが足りなかった。ボールはフェンスの縁《へり》にぶつかって、勢いよく跳ね返る。

外野が慌《あわ》てて、ファウルゾーンまで跳ねたボールを追う隙《すき》に、ヒットエンドランでスタートしていた江口は一気に三塁に向かう。

三塁コーチャーはものすごい勢いで腕をまわしてる。もちろん俺たちも一緒。

「いっけえええええ！」

「おらあああああああ！」

温厚な俺らの主将が雄叫びをあげて、ホームにヘッドスライディングした。

余裕でセーフ。

江口、今あきらかにヘッスラする必要はなかったよな……いや気分的にわかるけど。

2対2の同点で、怒濤《どとう》の歓声が球場を揺るがした。

だけど俺は、ハイタッチしまくる仲間をよそに、スパイクの靴ひもを締め、メットを手に取った。

「須藤」

オクギョが俺を見た。頷《うなず》いて、視線をグラウンドに戻す。

セカンドベースでは、益岡が膝《ひざ》に手をついていた。ここから見ても、ぜいぜいいってるのがわかる。

審判にチェンジを告げて、俺は急いで二塁に走る。

「お疲れ。大丈夫か?」

近くで見ると、益岡は予想以上にしんどそうだった。異常に汗をかいてる。やっぱり二塁までの全力疾走は、相当、腰にくるんだろう。

「いてえ。死ねる」

「無茶したなあ」

益岡はむっとして俺を睨《にら》みつけた。

「おまえがツーベース打てっつったんだろ」

いや、本当に打つとは思わないから。ピッチャーだってあれだけ警戒してたんだぞ。見ろ、武山、放心してんじゃん。

「どうせならホームランにすりゃよかったのに。そしたらゆっくり走れるぞ」

「前ホームラン打ったら、自分の見せ場がなくなったって怒ったくせに」

そういえばそんなこともあったような。まあいいか。

「とにかく、仕事したからな。絶対、ホームに行けよ」

「はいはい。ベンチで寝て見てろ」

軽く拳《こぶし》を合わせると、益岡はよろよろしながら走って行った。

大歓声が、代打の神様を称《たた》える。

さあ、ここからは俺の仕事。

次の打者は九番、大久保《おおくぼ》。益岡が死ぬ気で二塁まで走ってくれたから、無理をして三塁をおとしいれる必要はないか。

ベンチのサインを確認する。

――え。

目を疑う。まじですかオクギョ。

《初球でフェイク。いけるようなら三盗《さんとう》》

いけるようなら、ねえ。

簡単に言うなよ。三盗がめちゃくちゃ難しいこと、わかってんだろうに。

でも、まあ――いける、か？　キャッチャーも結構、ぐらぐらしてるし。

さっき何度か、ピッチャーへの返球が逸《そ》れてた。今日はコントロールがあまりよくない。

「選手の交代をお知らせします。二塁走者、益岡君に代わり、須藤君」

アナウンスに続いて、また歓声が聞こえる。

「須藤！　頼むぞー！」

「おまえならホームまでいけるぞ！」

「どんどん盗んだれぇ！」

応援席から、平野《ひらの》たちの声が飛ぶ。

不思議な気分だ。

春だってこのアナウンスは聞いていたし、スタンドの応援もあった。

だけど、まったく違って聞こえる。すごく誇らしくて、でも呼ばれるのが当たり前な気がしてる。

一度大きく深呼吸をして、集中する。

慎重《しんちょう》にリードをとる。春大会で茶化してきたショートも、今日はなにも言わない。こいつもすごい集中してるんだ。

今は夏。負けたら、これで本当に最後。まだ、誰も、終わらせたくなんかない。

ちらりと武山がこちらを見た。ものすごい汗。益岡の打席で一気に噴《ふ》き出したんだろう。かなり動揺している。

打席の大久保は、しょっぱなからバントの構えをとっている。ちらちらと目を動かして、どこにボール転がすか探ってる。演技派だなあ、クボティー。

つられて、一塁手と三塁手が前進する。だよな。まあ、さすがに初球から三盗するバカがいるとは考えないよな。

でも、俺はそのバカなんだ。

武山が投球動作に入る。

大久保はバントがうまいし足が速い。警戒したバッテリーが投げるのはたぶん、外に大きく外したスライダー。

武山の足があがった。その瞬間、俺は一気に走り出す。

音が消える。

目は三塁ベースしか見えない。

何度も何度も走ったこの距離。吐《は》きそうになるほど繰り返した。だから体が覚えている。

どこまでリードすればいけるか。どのぐらいで到達するか。

二塁だろうが三塁だろうが関係ない。本塁だって。

体を倒して滑り込む。三塁手のグラブが襲いかかる。

でも俺の足がベースにつくほうが、一瞬早かった！　あとは審判がちゃんと見てくれればば。

「セーフ！」

塁審が大きく手を広げる。

その瞬間、世界に音が戻った。嵐のような歓声が俺に降り注ぐ。

「やったな、須藤！」

三塁コーチャーの室野《むろの》が、興奮した顔で拳を突き出す。こつん、と返して、「でもまだまだ」と言っておいた。

一塁のほうに目をやれば、ベンチから益岡が見ているのが見えた。笑ってない。やっぱり、まだだろうって顔してる。

そうだ。ホームを踏まなきゃ、意味がない。

でもこれで一死三塁。

完全にスクイズのパターン。セーフティーじゃなくてもいい。

外されんなよ、大久保。何がなんでも当ててくれよ。
俺は腰を構えて、その瞬間を待つ。
一球目は、案《あん》の定《じょう》、大きく外された。これは想定済み。大久保も見送る。
サインが来る。《次で行け》。
――オッケー。たのむよ、クボティー。
武山が投球動作に入る。俺のスパイクは、思い切り砂を跳ね上げた。
にぶい打球の音がした。大久保が、死にものぐるいでバットを当ててくれたんだ。
でも、無茶な体勢だったからか、ボールはろくに転がらない。やばい。
「いけ、須藤！」
全ての音が遠ざかる中、唯一《ゆいいつ》届くのは、あの声。ナイスラン、と笑った声。
まだ、終わらせるわけにはいかない。
この足は、益岡の足。皆の足。
俺が走るかぎり、まだ奇跡は続くんだ。
だから、この足は必ず、誰より早く、ベースに届く――

甲子園への道

1

甲子園《こうしえん》。

全国の球児たちが憧《あこが》れ、目指す場所。過酷な地区大会を勝ち抜いた代表のみが立つことを許される聖地。

でも、甲子園を目指すのは、なにも球児だけではない。

＊

「泉《いずみ》は明日、大宮《おおみや》公園な」

松崎《まつざき》キャップの言葉に、わたしは耳を疑った。

大宮公園球場は、その名のとおり大宮公園の中にある球場で、埼玉大会のメイン球場だ。

わたしの記憶に間違いがなければ、県大会三日目にあたる明日は、注目校めじろおし。

なにより第一試合は、Ａシードの東明《とうめい》学園の初戦にあたる！

「おい、泉。返事は？」

一段低くなったキャップの声に、我《われ》に返る。デスクの向こう側から私を見あげる目を見るまでもなく、苛立っているのがわかる。ボールペンの尻《しり》でこめかみをたたくのは、まずいサインだ。

「あっはいすみませんっ、喜んで！」

「居酒屋かよ」

キャップは笑い、ボールペンを指の上で回しはじめた。ほっと胸をなで下ろす。危機は回避したみたい。

スポーツ専門の蒼天《そうてん》新聞関東《かんとう》局編集部、その高校野球班をまとめる松崎キャップは、背《せ》丈《たけ》こそ小さめだけれど全体的にごつい。日に焼けすぎて額《ひたい》のあたりは黒光りしているし、妙な迫力がある。実際、この迫力が見かけ倒しではないことは、この三ヶ月で身にしみていた。

「明日は他社の記者たちも殺到するだろうからな。いい話とれよ。クソみたいな記事書きやがったら承知しねえからな」

「は、はいっ！」

「あと、木暮《こぐれ》のLINEの連絡先をゲットしてこい」

「はい…………ええっ⁉」

思わず声がひっくりかえり、キャップは「デカい声出すな」と眉間《みけん》に皺《しわ》を寄せた。

「申し訳ありません。木暮って、あの、東明のエース木暮くんですよね？　LINEって……そもそも携帯もってるんですか？」

強豪校《きょうごうこう》は、携帯禁止のところも少なくはない。東明は練習だけではなく普段の生活態度も厳しいことで有名だから、当然、ないものと思っていた。

「広栄《こうえい》なんかは一軍は禁止だが、東明はフリーなんだなぁ。まあそれぐらい息抜きを与えないと、潰《つぶ》れかねないぐらい厳しいからな。だから安心してとってこい」

「教えてくれるとは思えません。明日はじめて会うのにどうやって――」

「俺が知るか。まあガードきついだろうから、木暮本人じゃなくてもいいぞ。捕手の鈴鹿《すずか》とか……主将《しゅしょう》の武藤《むとう》とか。とにかく細かく情報をくれるパイプをつくれ」

「お言葉ですが、どう考えても無理じゃないですか。矢部《やべ》監督のガードめちゃくちゃ固いですし」

「あのな泉」

キャップは額をかき、うんざりした顔でため息をついた。

「やってみないうちに、どう考えても無理とか言うな。単に試合見に行って無難な記事書くだけなら、記者じゃなくてもできるんだよ」

「そ、そうですけど……」

「相手を口説《くど》き落とすのも、記者の大事な仕事だ。信頼を得てナンボ。球場で会ってむこうから挨拶《あいさつ》してくれるようになってからが勝負なんだ。携帯番号を手に入れるのは基本中の基本だろ。携帯がなかった時代なんかは、選手の信頼を得るために、まず親から攻めたもんさ。手間も時間もかかって大変だったんだぞ」

あ、これは長くなるな。

身構えたところ、案《あん》の定《じょう》、キャップは滔々《とうとう》と武勇伝を語りはじめた。今プロで大活躍中の某《ぼう》選手が高校生のころ、どうやって親しくなったか。いやキャップ、その方法はたいへんためになりますが（もう七回ぐらい聞いてるけど）、今も仲良くて時々いっしょにおねえさんがいるお店に行くという情報は明らかにいらないですよね？　そもそも、木暮くんには、井上《いのうえ》先輩あたりが去年からよく取材していたはず。先輩が連絡先ぐらいもっていると思うんだけど。もし口説きが失敗したなら、それを新人にまかせるってありえないでしょ。

「まあ、そういうわけだ。携帯はともかく、いい記事、期待してるぞ」

ゆうに十分近く喋《しゃべ》った後で、キャップはようやく解放してくれた。

すっかり疲れ果てて、自分の机へと戻る。目と鼻の先だけど、とてつもなく遠く感じた。めんどくさい。今の心境は、この一言に尽きる。

LINEなんて無理に決まってるじゃない。東明クラスの選手が、そうほいほい教えるわけないじゃないの。

少し前までは、甲子園に出場した選手がツイッターあたりにバカな投稿して炎上することが珍しくなかったけど、今じゃ強豪校もSNS対策はばっちりだ。LINEなんか教えてもらえるはずがない。

なんて切り出せばいいんだろう。とにかく東明の中の誰か、探さないと。もう一回、名簿を確認してみよう。

ため息をつき、スリープ状態だったパソコンを立ち上げた。

東明の取材。普通なら、喜ぶべきことなのだろう。強豪校を担当させてもらえるのは、期待の証《あかし》だ。

今は地区予選花盛り。この関東でも毎日何十もの試合が行われている。そのうちのどこへ記者を送るか、決めるのは松崎キャップだ。「高校野球あすの試合」を見て、おまえは明日どこそこの取材へ行けと、鶴《つる》の一声。それだけでわたしたちは、関東のどこにでも飛んで行く。

もっと大きな新聞社だと、東京担当、神奈川《かながわ》担当とそれぞれ記者が決まっているらしいけど、蒼天新聞はスポーツ紙としては老舗《しにせ》ではあるものの、規模は――つまりその、少数精鋭なのだ。だから、今日は新聞社のある都内の取材で、明日は電車で三時間近くかかるところに飛んで行くなんてこともザラだ。

でも距離なんて関係ない。わたしたちにとって重要なのは、どこのチームの取材を任《まか》されるかということなんだから。

アタリ日を任されるのは、期待されている証だ。

急いで、明日の県営大宮の試合を確認する。

三試合ともなかなかの好試合になりそうだけど、県下で圧倒的な強さを誇る東明学園は、明日第一試合に登場する。観客も記者も――そしてスカウトも詰めかけるにちがいない、明日の大本命。

エースの木暮くんはプロ注目の左腕《さわん》で、ショートの向井《むかい》くんも走攻守三拍子揃《そうこうしゅさんびょうしそろ》った野手《やしゅ》として、春の選抜大会からがぜん注目を浴びている好選手。選抜は録画で、春の県大会は直接球場に出向いて見たけれど、とにかく守備がうまくて攻撃も隙《すき》がない、レベルの高いチームだ。

もちろん試合に絶対はないし、とくに初戦はみんな緊張しているから強豪があっけなく負けてしまうこともあるけれど、今年の東明にちょっとそれは期待しにくい。

なんたって、今のチームは春の選抜大会でも準優勝という好成績を残している。すでに甲子園の経験があるのは、途轍《とてつ》もないメリット。そのまま春の県大会もぶっちぎりで優勝したし、関東大会もあっさり優勝。実績に裏付けられたメンタルは、なまなかなことでは崩れやしないだろう。相手も気の毒に。

一方、対戦の三ツ木《みつき》高校は——申し訳ないけど、校名に覚えがない。自分の出身地なら、わりとマイナーな公立校とかだってわかるんだけど、他県だとやっぱりそれなりのところじゃないとわからない。

たぶん公立だろうけど、三ツ木……三ツ木高校——

「泉、東明に知り合いいるの？」

キーをたたいて検索《けんさく》していると、右隣から声がした。そっちの机は、同期の鳴瀬英太《なるせえいた》なので、顔は向けずに、「いないけど」とだけ答える。

「どうやって番号ゲットすんの？」

「んー、これから考える。あっ、出た」

県立三ツ木高校。昭和五十九年創立。野球部は——ああ、この五年ずっと、夏は初戦敗退。たぶんその前も同じだろう。典型的な、弱小公立パターン。人数も十一名で、三年生はふたりだけか。

「三ツ木も調べてんのか。意味ないと思うけど」

　画面をのぞきこんで、鳴瀬が言った。

「対戦相手も調べておかなきゃ意味ないでしょうが」

「何の特徴もない弱小公立校だぞ？　毎年初戦敗退じゃん。ところで俺、東明のコーチの番号なら知ってるけど？」

　つい「えっ」と顔を向けてしまった。鳴瀬はにやりと笑う。

「俺の母校、東明と毎年練習試合やってるし。今年の春の練習試合見に行って、矢部監督とも挨拶したし、木暮とも話した」

「……へーそう」

「連絡しといてやろうか？」

　案の定のご提案。

「ありがとう、お気持ちだけで結構です」

「意地はるなって。突撃取材なんて無理に決まってるだろ？　だいたい、東明が来るからはりきってるみたいだけど、どうせ木暮は温存じゃないかな。相手が三ツ木じゃなあ。せめて次の試合の瀬名《せな》学院か戸城《としろ》とぶつかれば、記事にもなるだろうに」

ウザい。

わたしはどうも、この鳴瀬が苦手だ。

わりと親切ではあるんだけど、ことごとく上から目線なんだよね。常に「やってやる」って態度。あと物理的にも、かなり上から目線のところが！

一五四センチのわたしを見下ろして、訊《き》いてもいないのに、「一八二センチ」とえらそうに自己申告していた長身は、無駄のない筋肉がついている。すっきりした短髪に、いい具合に焼けた顔で、爽《さわ》やかなスポーツマンであること（正しくは、あったこと、か。今は運動どころじゃないみたいだし）を主張してくるのがウザい。

「東明は相手がだれでも、初戦は必ずエースを出すんじゃないの？　矢部監督は、初戦が一番怖いことを知ってるからね」

「へえ、それぐらいは知ってるか。感心感心」

頭を撫《な》でようとするので、とっさに体を引いた。宙ぶらりんになった自分の左手を見て、鳴瀬はぽかんとしたが、舌打ちして手をひっこめた。

「けど、談話とれるかねぇ？　ただでさえ野球のことろくすっぽ知らないくせに、泉はチビだから、木暮のもとに駆けつけても他の記者に埋もれるんじゃない？」

「匍匐《ほふく》前進で最前線に抜けてみせるから大丈夫」

にっこり笑ってパソコンの画面に向き直り、以降は無視を貫《つらぬ》いた。

そりゃあ、紹介してほしいのは山々だ。だけどコイツに何か頼んだら最後、延々恩に着せられる。それはもう学習済み。

だいたい親切ぶって声をかけてきたのは、わたしがアタリを引いたのが面白くないからなのだ。鳴瀬は明日の球場はどこだっけ。忘れたけど、まあたぶん、彼からすれば「つまらない試合」をふられたのだろう。

元高校球児、それも関東ではそこそこの強豪出身。大学でも、準硬式といえども野球を続けていたという経歴と、それに伴《ともな》うコネは、わたしには持ち得ないものだし、大きな武器になる。でもそれを振りかざして大きな顔をするのにはうんざりだ。

もっとも、大きな顔をするのはわたしに対してだけなんだけど。五人いる新人のうち、野球経験が全くないのは、わたしだけだから。

鳴瀬以外は、一人はやっぱり高校球児、残り二人は小学校まで野球をやっていたらしい。わたしが野球もソフトも全くやったことがないと言ったら、そりゃあ驚かれたもの。

最初、紅一点《こういってん》てことでちょっとちやほやされていたわたしは、あれから軽んじられるようになった。とくに鳴瀬はひどい。体育会出身者は、時々こういう手合いがいるから困る。

まあ、コイツのことは放っておこう。今は目先のお仕事が大事。やらなきゃいけないことは山ほどある。夏大会は、もう毎日が時間との勝負だ。

スポーツ専門の蒼天新聞に入社して、そろそろ三ヶ月。新人記者にとって、夏の地区大会は登竜門《とうりゅうもん》、あるいは天下分け目の関ヶ原《せきがはら》なのだ。

春は皆、先輩について球場に行き、スコアのつけかたを覚えるところから始まった。それからもずっと先輩のあとをついて歩き、取材の仕方や記事の書き方を必死で覚えた。

そうして迎えた、真夏の球宴《きゅうえん》。わたしたちはここから一人で、記事を任されることになる。

新卒五人、スタートを切ったばかりの今現在は、横一線。だけど、ゴールに入れるのは一人きり。

各地区大会で、甲子園に行けるのは優勝校ただひとつ。それと同じ。

五人の中で、甲子園記者として選ばれるのは、たったひとりなのだ。おかげでみんな、ピリピリしている。鳴瀬なんかはとくに必死だ。

わたしだって、負けるつもりはない。野球経験がなければ、他のことで勝負すればいいんだから。

同期には絶対負けない。甲子園に行くのは、わたしなんだ。

改めて心に誓い、わたしはキーをいそがしくたたきはじめた。

2

翌日は、平日だというのに県営大宮《おおみや》球場は朝からなかなか盛況《せいきょう》だった。

バックネット裏や内野《ないや》のうしろは日陰になるので真っ先に埋まるけど、わたしが後援会の談話をとりに走り回っている間には、日向《ひなた》の部分もあっというまに埋まってしまった。

観客のほかにも、おそろいのTシャツに帽子をかぶった保護者会の皆さん、チアリーディングの生徒たちや、吹奏楽《すいそうがく》の一団もぞろぞろとやって来る。

ただ、埋まったのは一塁《いちるい》側ばかりで、三ツ木《みつき》高校側の三塁スタンドはわびしいかぎりだ。

県内のみならず関東《かんとう》の外からも有力選手を引っ張ってきた東明《とうめい》野球部は、総勢六十七名。全国クラスの強豪《きょうごう》としてはむしろ少ないほうだけれど、大勢入ってもあまりの厳しさにやめてしまう部員も多いがゆえの結果だ。

一方の三ツ木高校は、十一名。毎年初戦敗退がおきまりの弱小校で、応援団はおろか、保護者会も存在していないみたい。選手のお母さんらしき人たちが、五人ほどかたまって座っているぐらいだ。

初戦にいきなり東明とあたるのは不運だけれど、そういう時は学校側が、全校応援で盛り上げたりするものだ。だけど三ツ木はごく普通の公立だし、まだ授業も残っている以上、そうそう生徒を引っ張っては来られないのだろう。

試合前練習でグラウンドに最初に飛び出してきたのは、まず東明の生徒たちだった。ベンチから飛び出る姿も機敏《きびん》、常に全力疾走《しっそう》。ボールまわしも、うまいの一言。よどみなく、きびきび行われるプレーは本当に芸術だと思う。

ほれぼれと見惚《みほ》れているうちにシートノックも終わり、続いて三ツ木高校の面々が現れた。走ってはいるもののどこかちんたらした動き。落差にちょっと切なくなる。

まず、体つきが全然ちがう。がっしりした体を覆《おお》う東明のユニフォームはサイズもぴったりでそれは格好よかったが、こちらは妙にぶかぶかだ。白地に、胸に大きく紺《こん》で「MITSUKI」の文字。シンプルイズザベストだけど、体に合ってないと、ちょっと弱々しく見える。

シートノックの内容は、まあ、ほぼ予想通りだった。まだ若い監督がとばすノックは、勢いはないもののなかなか正確なものだったけれど、選手たちのほうはどうももたもたしている。捕球《ほきゅう》はそこそこ無難にこなしてはいるけれど、送球《そうきゅう》までに時間がかかるし、時々とんでもない球がいく。

　あきらかに彼らは、この大舞台に硬くなっていた。ここの球場は県内でも大きいし、初戦でいきなり東明なんだから、無理もない。

　これは五回コールド確定かな。あまりに戦力差がある試合って、記事にするのは結構面倒なんだよね。これという見所がないから。木暮《こぐれ》くんがいっそ完全試合でも達成してくればいいんだけど。

　ああ、でもそうすると、どの記者も同じことを書くだろう。それもなんだかつまらない。どうやって切り込もうか、いやそもそも試合後にどうやって携帯番号を聞けばいいんだろう――ぐるぐるしているうちに、グラウンド整備が終わり、試合開始のサイレンが鳴り響く。

　先攻は、三ツ木高校。迎えうつ東明の先発《せんぱつ》はもちろん、木暮くんだった。身長一七四センチの七十五キロ。頑丈そうな、がっちりした体から放たれるのは最速一四〇キロのストレート、スライダー、スクリュー。

　彼の売りはそのコントロールのよさ、スクリューのえぐさであり、わずか十一名の弱小公立にもいっさい手抜きはしなかった。しょっぱなから、力のあるボールがどんどん来る。

　一球ごとにどよめきがあがり、三ツ木の選手は面白いぐらい打席でくるくる回った。誰ひとりバットに当たらぬまま、あっさりと三者三振。たぶん、五分もかかっていない。

球場がすっかり、木暮くん奪三振《だつさんしん》ショーを見守る会みたいな雰囲気《ふんいき》になったところで、一回裏の東明の攻撃が始まる。

途端に、一塁側の応援席で、華やかなファンファーレが鳴り響いた。三ツ木側に応援団はいないから、一回表はベンチの選手たちがかける声ぐらいしか聞こえなかっただけに、一気に空気が変わる。

音とともに一気に球場のボルテージがあがる。

いいなぁ、としみじみ思う。目の前の試合に集中し、必死にメモをとりながらも、目はついつい、スタンドのほうへと向いてしまう。一塁側では精度の高い演奏のもと、ベンチ入りできなかった野球部員たちがメガホンをふりまわし、一糸《いっし》乱れぬダンスを見せている。

わたしは中高と吹奏楽部で、ホルンを吹いていた。中学時代に幼なじみに誘われるまま始めて、高校でもなんとなく入部しただけだけど、まあ練習はそこそこまじめにやっていたほうだと思う。

うちの高校の吹奏楽は、レベルで言えば中《ちゅう》の上《じょう》程度だった。コンクールは、地区予選は突破できるけど、県大会はだいたい銀、うまくいけばダメ金（代表になれない金賞のこと）という感じ。野球部も似たようなもので、たしか十年近く前の県大会ベスト8《エイト》が最高成績って聞いたかな。

　そんな似たものどうしの野球部の応援に、わたしたちもよく出動した。夏はコンクール直前の追い込み期にもろかぶりだったから面倒だし、炎天下《えんてんか》での応援がいかに過酷《かこく》かさんざん脅《おど》されてたし、そもそも野球なんてひとかけらも興味なかったから、ひたすら気が重かった。興味ないというよりも、あのころはむしろ、嫌っていたかもしれない。

　野球じたいあまり見ないけど、中でも高校野球の、なんていうのかな――押しつけがましさ？　あざとさ？　あれが鬱陶《うっとう》しくって。

　みんな必死に練習して最後の大会に懸《か》けるなんて、どこの部活だって同じなのに、野球ばっかり強調されて、甲子園《こうしえん》なんか当たり前にテレビで放送されて、スポーツニュースもトップでやる。大会中にやる、「ほら感動しろよ」と言わんばかりの演出過剰《かじょう》な特番も、好きじゃなかった。

　だけど不思議なことに、初戦の応援に行って、そういうのが全部ふっとんでしまったんだよね。

　梅雨《つゆ》の晴れ間、湿気が高くてめちゃくちゃ暑い日で、どんなに庇《かば》っても楽器はどんどん熱くなるし、本当にキツかったけど、それを上回る興奮が球場にはあった。

　対戦相手の吹奏楽が、金賞常連の強豪だったってこともあるけど、わたしたちも煽《あお》られるようにして演奏した。

響き渡る最高の音色《ねいろ》、野球部のみんなの叫ぶ声。球音《きゅうおん》。スパイクが地面を蹴《け》る音。ミットに吸い込まれるボールの音。白球《はっきゅう》が風をきって進む音。

聞こえるはずのない音まで、わたしはたしかに感じた。そして試合が終わった時には、わたしはすっかり高校野球に魅入《みい》られていた。魔法みたいだった。

それは、七年経《た》った今も消えていない。結局こうして、記者として球場に押しかけているんだから、むしろ悪化してるのかも。

きっと今日も、かつてのわたしのように魔法にかかっちゃう犠牲者がいるんだろう。高校球児と吹奏楽のコラボは、ゲームのラスボスの奥義《おうぎ》なみに威力《いりょく》がある。

顔を真っ赤にした吹奏楽部員たち、激しく踊りまくる球児たち。その横で、満面の笑みでキレのあるダンスを披露《ひろう》するチアリーダー。あるいは、真夏に漆黒《しっこく》の学ランを着た応援団。おそろいのシャツと帽子に身を包んだ保護者会。頭にタオルをのっけた生徒たち。そして、多くの高校野球ファン。

彼等に囲まれた中で、球児たちはひたすらボールを追いかける。

じっとしていても滝のように流れる汗を拭《ぬぐ》いながら、わたしはマウンドにあがった三ツ木のエースを観察し、メモをとっていた。

三ツ木高校二年生、月谷悠悟《つきたにゆうご》くん。身長一七三センチ、五十六キロ。一般的には普通だろうけれど、ほぼ身長が同じ木暮くんを見た後だと、ひょろひょろに見えてしまう。

顔立ちも、アゴがしっかりして精悍《せいかん》な印象の木暮くんとは対照的に細面《ほそおもて》で、黒縁《くろぶち》の眼鏡《めがね》をかけている。スポーツ用でもなんでもない、ごく普通の眼鏡だ。

利《き》き手は、木暮くんと同じ左手。でも本格派の彼とはちがい、スリークオーターとサイドスローの中間ぐらいの、変則投手だ。

一球目は、ストレート。打者の関《せき》くんは勢いよくバットを振った。電光掲示板には一二八キロ。

次は一転して内角高めにストレート、打者の関くんが軽くのけぞる。これで2ストライク。

そして三球目は——内角《ないかく》低め、変化球。ストライク。

「えっ」

思わず声が出た。まさかの三球三振。

東明一番打者の関くんは、足の速さと選球眼《せんきゅうがん》のよさが特徴だ。出塁《しゅつるい》できずとも、いつも粘《ねば》って可能なかぎり相手に放り込ませる。それが三球三振？

打席の関くんは狐《きつね》につままれたような顔で審判を見て、次にマウンド上の投手を見ると、はっと我《われ》に返った様子で慌《あわ》ててベンチへと帰って行った。

観客席からは、軽いどよめき。

「コントロールいいじゃん」「遅すぎて関も目算《もくさん》がくるったかねえ」

この時はまだ、皆ちょっと笑い混じりだった。

でも、二番、三番と続けて三振をとられた時には、どよめきから笑いの色は消えていた。

木暮くんと同じ、三者三振。イニングにかかった時間も、球数《たまかず》も、ほとんど同じ。というかたぶん、配球《はいきゅう》も同じだ。スコアを見て、わたしは唾《つば》を飲み込んだ。

スピードは全然違う。でも、球種とコースは、表の木暮くんを完全になぞっていた。


試合が始まって、四十五分。

この展開を予想していた人間は、たぶん誰もいないんじゃないかと思う。

イニングは五回裏に入っていた。スコアボードに並ぶ数字は、ゼロだらけ。

――異常だ。

木暮くんが三振の山を築いているのは、予想通りではある。ただ、完全試合の夢は消えている。すでにヒットを二本打たれているからだ。一本は、ボテボテのゴロの間に決死のヘッスラが成功したラッキーな内野安打《あんだ》だったけど、もうひとつはきれいなセンター前のヒットだった。あの時は球場がここ一番のどよめきを見せた。

なにしろ木暮くんは、春の関東大会では完全試合を達成している。強豪でもそうそう打てるような投手ではないのだ。なのに、いくら初戦とはいえ、部員十一名の公立チームにあっさり安打を打たれるとは、尋常じゃない。

いまや記者席は騒然としている。隣の記者は、すごい勢いでタブレット端末に字を打ち込んでいるし、「いやべつに木暮が不調ってわけじゃないんですけど」「三ツ木の監督とエースのデータどっかにある?」と電話をかけている人もいる。これにはちょっと呆れた。わたしは昨日のうちに、三ツ木の十一名についても調べあげてきたから。といっても、ろくな情報はでてこなかったけど。

センター前に打ったのは、月谷くんだ。きれいなフォームで、初球をいきなりはじき返した。

もちろん、一打だけならまぐれもありうる。現に第二打席はゴロだったし。

でも、少なくとも一打席目は、完全に読んで打ったような気がする。一回裏の、木暮くん完全トレース投球が頭にあるからそう思うのだろうか。でも、三ツ木の他の選手も、狙い球は絞っているような印象を受ける。力負けしちゃうからアウトにはなるけど、決して闇雲に手を出しているわけじゃない。

それに比べると――東明打線は、はっきり異常だ。この状況はどう説明すればいいんだろう？

彼らは、三ツ木よりはヒットを打っている。初回こそ三者三振で締められたが、さすがに二回には安打が出た。でもそれだけだった。三回、四回も安打は一本ずつ。エラーでの出塁がひとつ。アウトはほとんどが三振だった。

全国の強豪相手に容赦《ようしゃ》なくバットを振り抜いていた東明打線が、弱小校相手にたったの三本。

わたしたちも驚いているけれど、なにより東明の選手たちが戸惑《とまど》っているのがよくわかった。

「なぜ打てない？」

彼らの顔には、一様にそう書いてある。

一巡目は、まだわからなくもない。でもひととおり様子を見たはずの二巡目も、ろくに打ててやしないのだ。

月谷くんの投球は、とらえどころがない。独特の投げ方は、ストレートと変化球の時でもまったく差がないし、打者は混乱するだろう。球は遅いけど、ストレートが妙な変化をしていらしく、空振《からぶ》る場面が多い。どういう握りをしているのだろう。

　そしてなにより、月谷くんはおそろしくコントロールがいい。針《はり》の穴を通すような、というのは誇張《こちょう》じゃない。コーナーぎりぎりのところを、丁寧《ていねい》についてくるのだ。

　一巡目は相手の裏をかくようにばしばし三振をとっていたけど、二巡目は時間と球数をかけて、一人一人ゆっくり攻めている。東明が早振りをしなくなったのも大きいけど、バッテリーの攻め方も明らかに変えてきている。

　そして迎えた五回。打順は、三巡目に入っていた。

　いまや球場中が、固唾を呑んで見守っている。

　先頭打者はフルカンまでねばったあげくサードゴロだったけど、強い打球を三塁手《さんるいしゅ》が弾《はじ》いてしまい、出塁を果たした。

　ここでセオリー通りなら、次打者はバント。実際、東明はここまでは全てバントを一発で成功させてきた。

　しかし今回、東明の打者はバントの構えをとらない。強攻するつもり？

　月谷くんと捕手《ほしゅ》の中村《なかむら》くんは、じっくりと攻めていく。うまくコースを使い分けて、慎重《しんちょう》に。さすがに三巡目までくると打者も目が慣れてきたのか、ボール球はなかなか振らない。くさいところは全てカットした。その間に一塁走者が盗塁《とうるい》を決め、ノーアウト二塁となった。

　盗塁されても月谷くんは動揺を見せなかったけど、十球目をカットされたところで、帽子と眼鏡をとり、汗を拭った。そのまま二、三度、深呼吸をする。さすがに疲れが見えてきた。

　ロジンバッグを捨て、投球モーションに入る。

「あっ」

　わたしの声だったのか、他の人の声だったのか。たぶん、同じように声に出した人はいたと思う。

　すっぽぬけた。そう思った瞬間に、バットが唸《うな》り、ボールをとらえていた。

　鳴り響くブラスバンドの音にも負けぬ、高い金属音。弾丸のように突き進む白いボール。沸《わ》き上がる歓声。

　右中間、フェンス直撃のヒット。打った瞬間にスタートを切っていたランナーは一気にホームへと生還し、打った選手も二塁へと滑り込む。

　マウンド上の月谷くんは、こめかみのあたりを掻《か》いた。帽子の陰で顔は見えないけれど、なんとなく笑っているような気がした。

それからは、試合前にほとんどの人間が予想したであろう展開が待っていた。月谷くんはつるべ打ちを喰らい、五回裏だけで四点を失った。そして六回に二点、七回に一点追加された時点で、コールドゲーム成立。7対0で東明勝利。

東明の木暮くんは、被安打2、奪三振11、四死球《ししきゅう》ゼロという完璧なピッチングだった。三ツ木の選手たちは、五回以降はまったく安打を打てなかったことになる。

それでも三ツ木の選手たちは、なんだか楽しそうだった。ベンチでは皆が声を張り上げ、最後まで元気に走り、バットを振り続けた。終わった後、ユニフォームは泥《どろ》だらけだったけれど、泣いている選手はひとりもいなかった。みな笑顔で東明の選手と握手をし、気がつけば観客でいっぱいになっていた応援席に「ありがとうございましたっ！」とお礼を述べていた。

王者相手に健闘した選手たちに、応援席だけではなく、バックネット裏や一塁側からも拍手《はくしゅ》がわき起こる。

不思議なものだ。誉《ほま》れはまちがいなく勝者のものなのに、敗者に目が行く。自分が応援しているチームが負けたならともかく、そうでなくとも、どうしても心が向いてしまう。

おそらく、散るものを愛《め》でる心理が強烈に働いてしまうこの光景こそが、高校野球というジャンルがもつ特殊性であり、最強の武器なんじゃないかと思う。

感傷に浸る間もなく、記者が一斉に移動する。誰もが一塁側のベンチ裏通路に向かう中、わたしは迷わず三塁側へと向かった。

大宮球場のベンチ裏通路は、薄暗い。テレビで見る甲子園のベンチ裏のあのスロープのような明るさはなく、ただただ、物悲しいのだ。夏の間、ここでは毎日、負けたチームの選手たちの泣き声でいっぱいになるんだろう。昨日は群馬の球場に行ったけれど、三年生が泣き崩れる姿は胸に詰まって、インタビューするわたしまで声が震えた。

だけど、歩いてくる三ツ木の選手は、やっぱり誰も泣いてない。あ、いや、主将マークをつけた子の目はちょっと赤い。やっぱり三年生は、平気じゃないよね。彼らは今日が、最後なんだ。

なのに、彼らを出迎える記者はわたしのほかにはいない。ちょっとびっくりだ。試合途中の記者席の雰囲気からは、三ツ木側にも殺到するんじゃないかと思ったけど、やっぱりみんな東明のほうに行ったんだ。五回からの展開で、前半の波乱はただのまぐれだと判断されたのだろう。

後悔が頭をよぎる。たしかに、三ツ木なら東明の後だって話を聞ける。でも木暮くんたちには後から行っても話は聞けない。そりゃあ皆、まず東明に行くよね。

何やってるんだろう。きっとキャップに怒られる。

でもやっぱりわたしは——

「月谷くん！」

眼鏡をかけたひょろりとしたユニフォーム姿が現れて、とっさに呼びかけた。

右肩から大きなバッグをぶらさげた月谷くんは、びっくりしたように立ち止まって、わたしを見る。

マウンド上では不敵に見えた顔も、目を丸くしているとあどけない。彼も、木暮くんと同じ二年生だ。あと一年、熱い夏は残っている。

わたしは笑顔をつくり、足早に近づいた。

「蒼天《そうてん》新聞なんですが、お話聞かせていただいてもいいでしょうか？」

「えっと、俺ですか？」

眼鏡の奥の目を瞬《しばた》かせ、月谷くんは困惑《こんわく》したようにあたりを見た。

「はい、月谷くんに。少しお時間いいでしょうか」

月谷くんはわたしの記者証をちらりと見下ろし、それから目を細めてわたしを見た。

「泉千納《いずみちな》さん、ですか。蒼天には今年入社したばかりですか？」

え、と間抜けな声が出た。今年入ったなんてもちろん言ってないし、どこにも書いてない。

「そ、そうですけど……」

「なるほど。木暮のほうは人がいっぱいだし、新人じゃいい談話とれそうにないし、一発逆転を狙《ねら》ってこっちに来てみたわけですね」

絶句したわたしを、月谷くんは笑顔で見ている。一見したところ、朴訥《ぼくとつ》とした、人のいい笑顔だけど、それが急に怖く感じた。

「ち、ちがいます。わたしは月谷くんのピッチングに感銘《かんめい》を受けて、ぜひお話を聞きたくて」

「コールド負けを喫《きっ》した人間に感銘ですか？」

笑いに自嘲《じちょう》の影が滲《にじ》む。わたしは勢いこんで続けた。

「四回までは、あの強力打線を無失点に抑《おさ》えていたじゃないですか。すごいことですよ」

「たった四回で力尽きたんじゃ意味ないでしょう。まあ東明なら三巡目までには必ず攻略してくると思ってましたから、想定内ですけど、コールドは避けたかったなぁ」

恥ずかしい、と頭をかく姿を見て、ほっとした。やっと高校生らしい顔に戻った。

「東明相手はやっぱりすごく疲れた？」

「はい。まあ、むこうが五回でバント捨ててきたので、ああこれはやられるなと思いましたけど」

どういうことだろう。疑問が顔に出ていたのだろう、月谷くんは笑って続けた。

「バントは、むこうからすれば確実に進塁《しんるい》させられる策ですが、こっちからすれば簡単にアウトとれるから御《おん》の字《じ》なんです。だからさっさと成功させてもらってたんですけど。そうすればあと二つ三振をとればいいし。でも最初からバント捨てて打ちに来てると、負担《ふたん》が倍増するんですよね。途中で気づいて、バントやめましたよね、残念だ」

つらつらと喋《しゃべ》る彼を、わたしはあっけにとられて眺めていた。

わたしはまだ新人だし、取材した選手の数はまだ少ない。先輩の後をくっついていったのも合わせれば少し増えるけど、それでも二十人もいるかという程度だ。母数が少ないからカテゴリわけは無意味かもしれないけれど、その上であえて言わせてもらうなら、だいたい高校球児は二パターンにわけられる。

こちらの質問に、青ざめた顔で、ハイイイエぐらいしか答えない子。あるいは、ものすごくつらつらと、「自分の成績は関係ありません、チームの勝利のためだけに」みたいないかにもウケのいい優等生な返答をするかの、どちらかだ。

前者は記者慣れしていない選手の典型だけど、後者はドラフト候補と騒がれるような選手によく見られる。学校側のマスコミ対策も徹底してるし、本人も何度もインタビュー返答の練習をしてきたのだろう。

月谷くんはどっちでもない。後者に近いけど、内容がまったく無難じゃない。

「あっさりバント成功させてたのはわざとだったんだ。すごい勇気だね。進塁させたら次のヒットで点とられる可能性が大きいのに。確実に三振とれる自信があったってことだよね？」

「自信なんかないですよ。でも出塁されたもんは仕方ないんで、そうしようと決めてました。東明の打球は揃《そろ》いも揃って強いし、ゴロ打たせたって、弾いて内野安打になる可能性も高い。だったら、三振させるしかないってだけです」

「だけです、って。それを実行できるのがすごいんだよ」

月谷くんは帽子で顔を扇《あお》ぎ、片眉《かたまゆ》をあげた。

「むこうが俺たちを完全になめきって、なんにも研究してこなかったからできたことですよ」

「そういえば、初回と二回、東明バッテリーと同じ配球してなかった？」

月谷くんの顔に、悪戯《いたずら》っぽい笑みがひろがる。嬉《うれ》しそうだ。

「ああ、気づきましたか。まあ途中カットもされたし、完全に同じとはいかなかったですけど」

「やっぱりそうなんだ。よく記憶してられたね」

「眼鏡キャラはだてじゃないですよ」

意味がわからない。でももっとわからないのは、なんでそんなことをしたのか、だ。正直に尋《たず》ねると、月谷くんは眼鏡を押し上げて、「緊張」と言った。

「緊張？　緊張しすぎて何投げていいかわかんなくなったとか？」

「いや、俺じゃなくて。うちの連中、みんな硬くなってたでしょう。だから緊張をほぐそうと思って」

……わからない。なんで木暮くんの投球を真似することで緊張がほぐれるんだ。

わたしの頭上に浮かぶ疑問符を正しく読み取って、月谷くんは続けた。

「初戦が東明と決まってから、少しでも打席で慣れてもらおうと思って、練習でも木暮と同じ球種投げてたんですよ。球威の違いはどうしようもないけど、配球パターンはわりと単調だし、覚えてもらえたらあんまビビらなくなるかな、と。でもせっかく覚えたのにあいつら頭まっしろになってたし、一回表に木暮がどんな球投げたのかもろくすっぽ入ってないみたいだったから、リプレイをね。俺が投げれば、冷静に見られるだろうから」

もう、声もでなかった。わたしはよっぽどぽかんとしていたんだろう。笑いをこらえるようにして「口、あいてます」と月谷くんに言われて、慌てて顔を引き締めた。

「ごめん、予想以上にすごかったから」

「どこでもやってることじゃないですか」

「いやいや偵察は普通だけどさ、実際に試合で、その場でトレースなんてしないからね？ていうか、できないからね⁉」

「そうですかねえ。まあ、実を言うと、木暮が頭にきてコントロール乱してくれないかな、という期待もあったんですけど。さすがにそんな挑発には乗ってくれませんでしたね。さすが甲子園準優勝投手」

その甲子園準優勝チームをむこうに、こんなことを堂々とできる度胸がすごすぎる。頭もいい。ゲーム全体を見通す目もある。

「月谷くん、二回に初球をセンター前に弾き返したじゃない？　あれ、読んでたよね？」

思い切って尋ねると、月谷くんはあっさり「はい」と頷いた。やっぱり。完全にパターンを頭にたたきこんでないと、トレースだって簡単にできないものね。

「じゃあ他の選手たちが狙い球絞ってるように見えたのも、月谷くんの指示かな？」

思い切って訊いてみると、月谷くんは眉をあげた。

「俺？　そこは普通、監督では？」

「うん、でも若杉《わかすぎ》監督は今年、三ツ木に赴任してきたばかりだよね」

わたしはちょっと声をひそめた。選手たちの最後にのんびり歩いてきた若杉監督のもとには、遅れてやってきた記者がひとり話を聞いている。

「生物の先生なんだよね。今までいた学校でも野球部を指導したという経歴もない。たぶんご本人もプレー経験はそれほどないんじゃないかな。いい監督さんだけど、そういう指導は難しいかなぁ、と思って」

月谷くんの目が三日月みたいになった。

「うちの学校のこと、ずいぶんよく調べてくれたんですね。たしかに野球経験はあまりないけど、キャッチボールとノックは死ぬほど練習してくれたし、熱心でいい監督さんです」

うん、それはわかる。ベンチでも選手と一緒になって、最後まで一所懸命に応援していた。きっと皆、監督のもとでのびのびやってるんだろう。最初は硬かった動きが、試合が進むごとにいきいきしていったことからも、それがわかる。

でも、まちがいない。このチームの司令塔は、この月谷くんだ。

「三ツ木はいいチームだね。みんな、今日の試合をすごく楽しんでた」

ああ、わくわくが止められない。やっぱり、思い切ってこっちに来てみてよかった。

月谷くんは、二年生。この頭脳と度胸に、最後まで投げきれる体力がついたら、どんなにすごい選手になるだろう。

「どうせなら楽しまなきゃ損ですから」

「そうだね。月谷くんのこれからがますます楽しみになったよ。秋以降は三ツ木が台風の目になるんじゃない？」

「買いかぶりですよ」

「そんなことないよ。コントロールもすごくよかったし。月谷くんは、中学はえぇっと――」

「菅原《すがわら》中です。野球部は先輩と合わなくて一年でやめて、あとは帰宅部です。シニア（硬式野球の中学チーム）には入ってません」

う、疑問を先回りして答えてくれた。

「高校で野球部に入ったのは？」

「新入生が足りなくて廃部《はいぶ》の危機だからって頼み込まれて野球部に入ったんです。まあピッチングの研究は好きで続けてたんで、ピッチャーやらせてくれるならってことで」

すっかり相手のペースだけど、わたしは猛烈な勢いでメモをとる。これは、あとで監督にもしっかり話を聞かなくちゃ。

「独学であそこまで投げられるなんて、ますますすごいね。三年生は今日が最後の試合だけど、みんな月谷くんに任《まか》せてよかったって思ってるんじゃないかな。チームが一丸となってるのが伝わってきたし、月谷くんもマウンド上で心強かったでしょう」

さっきから完全に月谷くんのペースなので、わたしはどうにか、記事で好まれそうな話にもっていこうとした。

二人しかいない三年生。彼らの思いに応《こた》えたくてがんばる二年生。後輩を信じて最後の夏に臨む上級生。ベタだけど、受ける記事には欠かせない要素だ。

「いえ、べつに。むしろ内野の先輩には、東明の打球なんかおっかなくて受けたくないから、あんまこっち飛ばすなって言われてましたし……」

「そ、そうなんだ。でも、木暮くんの研究はしたんだよね？　なら東明に勝つぞー！　と盛り上がったり……」

「まさか。だって東明ですよ？　うち程度のチームは、燃えるより先に諦めます」

こともなげに月谷くんは言った。

「でも、県営大宮での試合でしょう。エラーとかみっともないところが映るのはイヤだから、東明には打たせるなって言われました。無茶ですよねえ」

ここ大宮での試合はすべて、地元局で放映されることになっている。でも普通ここは、いっぱいテレビに映りたいから、自分のところにどんどん打たせろ！　というところじゃないのかなあ。

「まあ俺は面白かったですし、先輩も東明と試合して最少エラーで乗り切ったなんて卒業後も自慢できると喜んでいたので、結果的によかったんじゃないですかね」

一訊けば十返ってくる。ありがたいことではある。問題は、その返ってくる十が、予想からかなりかけ離れているってことだ。

動揺を隠してメモをとるわたしを見て、月谷くんは小さく笑ったようだった。顔をあげると、切れ長の目が眼鏡ごしにわたしを見ている。

「アテがはずれたって顔ですね。こんなもの、どういう記事にすればいいか困ってる」

もう、苦笑しかでなかった。

「なんでもお見通しだね」

「俺も記者志望なんです。自分が記者だったら、俺みたいなやつイヤだなって思いますよ」

「へえ、記者志望なんだ。野球の？」

月谷くんはにっこり笑った。

「スポーツも面白そうですよね」

ということは、べつにスポーツ記者志望というわけじゃないんだ。社会部とか経済部とかかな。

「月谷くん頭いいからなんでもできそうだね。でもこれだけ魅《み》せるピッチングをするんだから、選手として野球を続けてほしい気もするよ」

「少なくともあと一年は続けますよ。まだ二年生だし」

「じゃあ来年こそ木暮くんに雪辱《せつじょく》を？」

月谷くんは首をすくめて、手をふった。

「あー悪いですが、そういうのはないです。逆立ちしても無理だし」

「そんなこと……」

「ない、っていうのはナシで」

ぴしゃりと遮《さえぎ》られて、今度はわたしが首をすくめた。やっぱりお見通し。

「木暮の実力はよく知ってますから。俺もこれから一年それなりには成長するでしょうが、あいつはその倍以上は成長する。差は広がるだけです。そういうもんでしょ」

「夢も希望もない言い方するねえ、青少年」

「効率的にものごとを進めるのが好きなんです。でもまあ、それじゃ記事として体裁《ていさい》は悪いでしょうし、雪辱を誓ったって書いてくれてもいいですよ」

なんでわたし、高校生に気を遣《つか》われちゃってるんだろうか。でも、この助け船は正直言ってありがたい。このキャラはかなり面白いけど、新人のわたしには手にあまる。

「ありがとう、じゃあちょっと脚色《きゃくしょく》させてもらうね。それにわたしとしてはやっぱり雪辱を果たしてほしいから」

「物好きですね」

「今日のピッチング見て月谷くんのファンになったんだ。そういう人、いっぱいいると思うよ。それに三ツ木はいいチームだもの。秋からはりついて成長を見たいんだ」

成長途上の、明るいチーム。独特のエース。これは、追っかけたらずいぶん面白いことになるんじゃないかな。

「ありがとうございます。それじゃ、また秋にお会いできれば」

月谷くんは一礼して、踵《きびす》を返した。つられてお辞儀《じぎ》をしたわたしは、はっと我に返り、慌《あわ》てて呼び止める。

「あっあの！　携帯を！」

「携帯？」

振り向いた月谷くんは、怪訝《けげん》な顔をした。

「できれば番号教えてくれないかな。たまに連絡とりたいなって……。あの、迷惑じゃなければだけど。ええっと、ちょっと待って」

わたしは慌てて名刺を取り出し、月谷くんに差し出した。

「このアドレスにメールください。いつでもいいので」

「はあ、どうも」

月谷くんは名刺を受け取り、しばらくためつすがめつ眺めていたが、バッグを開けて、定期入れの中につっこんだ。それからスマホを摑《つか》み、「はい」とわたしを見る。

「はい？」

「スマホ出してください。LINEに登録するんで」

言われて、わたしは慌ててパーカーのポケットからスマホを取り出した。スマホをぶんぶん振って、月谷くんの連絡先を登録する。

確認すると、なんか貞子《さだこ》っぽいホラーな女性のアイコンと一緒に、「ムンバレメガネ」という名前があった。なんだこのアイコン。なんだこの名前。ムンバレ……もしや月谷だからムーンバレー？　意外に直球。

いろいろつっこみたいことはあるけども、キャップ見てますかー！　LINEゲットしましたよ！　木暮くんじゃないけど。東明の生徒ですらないけど。

「ありがとう、嬉しい。でもよかったの？」

いまどきの普通の高校生は、はじめて会った記者とこんなにあっさり交換してしまうものなのか。自分から頼んでおいてなんだけど、ちょっと心配。どぎまぎしているわたしに、月谷くんは涼しい顔で言った。

「メールするよりこっちのほうが楽ですから」

「あはは、効率、だね」

「それとやっぱり、東明より先に来てくれて、嬉しかったので。泉さんキレイだし」

爽やかな笑顔に、わたしは固まった。一気に頬《ほお》が熱くなる。ええと、いや、まあ、うん、じつは顔はけっこう自信あるけどさ、何さらっと言ってるのこの子。

高校二年生だよね？　十六だか十七だよね？　眼鏡だよね？　高校生らしいはにかみはどこいった？　それとも今日びの若いモンはみんなこうなの？　そもそも、この子の言葉遣いって、十代っぽくないよね？

「来てくださったぶんの仕事はしますよ。これからよろしく、泉さん」

礼儀正しく一礼して、月谷くんは去って行った。

姿勢のいい後ろ姿を、わたしは茫然《ぼうぜん》として見送る。

……最近の高校生、おそるべし。


だけど、もっとおそろしいと思ったのは、その夜のことだった。

取材を終えて会社に戻り、大急ぎで記事を書いているさなか、LINEの通知音が鳴った。

見てみると、ムンバレメガネだった。

貞子なアイコンが怖いけど、もっとおそろしいと思ったのはそこじゃない。

『今日はありがとうございました。お礼になるかはわかりませんが、ネタをひとつ進呈《しんてい》したいと思います』

『こちらこそありがとう！　今、試合の記事を書いているところです。ネタ？』

さっそく返信すると、すぐに既読《きどく》がつく。

『まだ仕事中ですよね、お邪魔《じやま》してすみません。では手短に。じつは俺、東明の木暮と幼なじみなんです』

しばらく止まった。木暮くんと幼なじみ？　そんな話、はじめて聞いた。慌てて、東明と三ツ木の名簿を探《さぐ》る。

木暮くんは、星見《ほしみ》中。月谷くんは菅原中。市も全然違う。

『ほんと？　中学違うみたいだけど』

『俺、中一の秋に今の家に引っ越してるんですが、それまであいつと同じ星見だったんで。家も近かったんでよく遊んでました。証拠に、小学校の卒業アルバム、写メで送りましょうか』

いや、そこまで……と言いかけて、思い直す。はったりをかます人間は結構いる。

『じゃあお願いしてもいいかな。後でいいけど』

『わかりました。そういうわけで、今でも結構、LINEとかで連絡とってるんですよ。泉さん、木暮の情報ほしいでしょう?』

心臓が大きな音をたてた。

木暮のLINEとってこい。キャップの指令が頭を巡る。まるで、見抜かれてるみたいだ。

『ほしくないと言えば嘘《うそ》になるけど。なに、くれるの?』

冗談めかして応えると、既読がついたまましばらく返答がなかった。この時間が妙に長く感じる。

五分ほど経《た》ってようやく来たと思ったら、添付《てんぷ》ファイルがあった。

言ったとおり、小学校の卒業アルバム写真だ。校名の入った表紙、それと六年三組の写真。今よりすごくかわいい木暮くんと、見知らぬ男の子がいた。細い目をますます細めて笑っている、薄い顔だちの男の子の下には、「月谷悠悟」と書いてある。眼鏡かけてないと、誰だかわからないよ……。

『木暮がOKした話だけですけど、それでいいなら。さっき、泉さんのこと、木暮にも伝えたら、別にいいって言ってたんで。今度の試合では、インタビューに行ってやってくださいね。美人が来たらあいつスゲー喜ぶし。顔に出さないけど。ムッツリだから』

あらら、お上手。この子、結構遊びなれてたりすんのかな。ただ、木暮くんとは本当に仲がよさそうだ。これは収穫。

『嬉しいこと言ってくれるね～。次は必ず行くよ。でもほんと二人は仲がいいんだね』

『あいつは練習が忙しいから、会う機会は試合ぐらいしかないんですけどね。連絡はよくとってます。あ、それと俺たちが幼なじみってことは、他の記者は知りません。あのあと、ロッカーを出たら何人かの記者に囲まれてびっくりしたけど、連絡先教えたのは泉さんだけだし、この情報も泉さんだけです』

ますます胸が大きな音をたてた。急に椅子《いす》から立ち上がったわたしを、隣の鳴瀬《なるせ》が怪訝そうに見上げてくる。なんだよ、と言われたけど、無視をした。

『すごく助かるよ、ありがとう。ほんとに嬉しい。でもこんなにしてもらって、なんだか申し訳ないぐらい』

『言ったでしょう、来てくださったぶんの仕事はしますって』

たしかに言ったけど、それが木暮くんネタだなんて、誰が思うんだろう。

神様、わたしってもしかして、ものすごいラッキーガールですか？　あの時、本能に従って月谷くんの取材に行って、まさかこんなころがりかたをするなんて！

『俺たちの夏はもう終わっちゃったし、泉さんがはりついてくれるのは秋からだから、それまで忘れられないようにしようという下心ですよ』

だからさ、相手に負担を感じさせないこの気配り、なんなのよ。本当に高校生なの？

今すぐ蒼天に来たって、即戦力になりそうなんだけど。

『まさか、忘れるわけないじゃない』

『木暮は夏も甲子園に行くでしょう。今の時点ではプロに行くつもりはないみたいですが、今以上に注目を浴びることはまちがいありません。注目選手のおいしい記事をいっぱい書いて、泉さんも有名になってください。で、その泉さんに俺たちのことも書いてもらえば、記事も載《の》りやすくなるでしょう。お互いwinwinってことで』

「ぶっ」

思わず噴き出してしまい、鳴瀬にますますヘンな顔で見られた。

『月谷くん、面白いなぁ。いいね、それ。じゃあお互いの輝ける未来のために、協力しあいましょー』

『そうしましょー』

その後はいくつか無難なやりとりがあって、メッセは終わった。

月谷くんと木暮くんが幼なじみ。よし、今まで書いていた試合の記事は破棄《はき》。このネタをからめてもう一度書き直そう。幼なじみ対決っていうのは、まちがいなく読者の気を惹《ひ》ける。

「スマホ握りしめて、なにニヤニヤしてんだよ。キモいんだけど」

鳴瀬に心底気味悪そうに言われてはじめて、わたしは編集部のど真ん中で、仁王立《におうだ》ちでニヤニヤしていることに気がついた。

3

『エースは幼なじみ　因縁《いんねん》の背番号1

『13日県営大宮《おおみや》球場第一試合、Aシード東明《とうめい》学園と三ツ木《みつき》高校の試合は、7対0の七回コールドで東明が勝利した。

普段は接点のない両校だが、実はエース同士が幼なじみという縁で結ばれていた。家が近所だったという二人は、地元の少年野球チームに入り、木暮《こぐれ》は投手《とうしゅ》兼遊撃手《ゆうげきしゅ》、月谷《つきたに》は主《おも》に二塁手《にるいしゅ》として活躍したという。

月谷の引っ越しで中学は分かれたが親交は今も続き、高校に入ってから硬式《こうしき》野球を始めた月谷は、ときどき木暮に相談することもあったそうだ。「木暮のアドバイスはいつも的確でした。タイプは違うけど同じ左腕《さわん》だし、あいつの教えがなかったら、他のチームメイトにマウンドは譲《ゆず》らなきゃいけなかったかも」と月谷は笑う。木暮は木暮で「月谷は昔から器用で、頭がよかった。小学生のころ、ふざけながら俺にいろいろ握りを教えてくれたのはあいつです。だから、初戦が三ツ木と決まった時から油断はありませんでした」と表情を引き締める。

お互い性格も手の内も知り尽くした二人は、この日真っ向からぶつかりあった。木暮は下馬評《げばひよう》通り圧巻《あつかん》の投球を見せたが、月谷も一歩もひかず、四回まで東明はわずか三安打に抑《おさ》えられた。

「まぐれですよ。仲間がよく守ってくれました。東明が初戦の相手と知った時は目の前が真っ暗になったけど、先輩のためにも絶対勝とうと皆で誓ったので」と月谷は眼鏡《めがね》の奥の目を潤《うる》ませる。

五回には連打をくらい、最後は力つきてコールドゲームとなったが、主将《しゆしよう》の中村《なかむら》捕手《ほしゆ》(三年)は「出来過ぎなぐらいです。この二年半で、一番いい試合だった。三年生は二人しかいなくて苦労したけど、こんなにいい後輩たちに恵まれて、幸せでした。自慢のチームです」と胸をはる。今年就任したばかりの若杉《わかすぎ》監督も、「三年生は本当によくやってくれた。彼らから受け継いだものを、新チームでどれだけ伸ばすかにかかっている。今日はいい自信になりました」と語る。次期主将が決まっている月谷も「来年は東明に勝ちます」と、引退する三年生に約束した。敗戦の悔《くや》しさはない。王者相手に全力をだしきった笑顔が、そこにはあった。（泉《いずみ》　千納《ちな》）』

スマホが突然大きな音をたて、びくっと体が震えた。

気がつけばわたしは、今朝の新聞を握りしめたまま、ホームで立ち尽くしていたらしい。チノパンのポケットからスマホを取り出して見ると、貞子《さだこ》アイコンのムンバレメガネからだった。

『新聞、見ました。いい記事をありがとうございます。みんな速攻で蒼天《そうてん》新聞買ってきて、話題もちきりです。あ、文中で俺を涙ぐませてくれてありがとうございます！　好感度アップまちがいなし！』

おどけたスタンプと一緒に送られてきた文に、口の端がちょっとだけ震える。

『ありがとう！　ちょっと盛《も》っちゃった笑。好感度どんどんアップしちゃって～。皆にもよろしくね！　これから千葉《ちば》大会に行ってきま～す』

急いで返信して、わたしはそのままポケットにスマホをしまった。すぐにまた通知音が鳴ったけど、今度は無視した。

いい記事、か。うん、そうだね。わたしもそう思う。

新聞に、はじめて自分の名前で記事が載《の》った。きっと実家の両親は大騒ぎして、「どうして教えてくれなかったの！」ってあとで文句を言ってくるだろう。

新人の記事が、名前いりで紙面に載る確率は低い。でも昨日、キャップに提出した時は「ふうん。まあいいんじゃないか」と褒《ほ》め言葉を貰《もら》ったし（キャップからするとこれは最大級）、実際に自信作だったから、十中八九掲載されるだろうとふんでいた。親にもよっぽど連絡しようかと思ったけど、浮かれすぎてるように見えて恥ずかしいから、載ってからしれっと伝えようと思ってた。

うっかり連絡しなくてよかった。今は心からそう思う。

たしかに、記事は載った。でも、この掲載記事の文章の中でわたしが書いた通りなのは、泉千納の名前だけだ。

あとは全部、書き換えられている。

珍しいことじゃない。新人の記事は大幅に書き換えられるのが前提だ。今日みたいに、名前以外は全て書き換えられるのもザラにある。わたしたちの文章はまだこなれてないし、仕方がない。

注目試合に派遣されるのが期待の証《あかし》とされるのも、やっぱりそういう試合は記事になりやすいし、なのにヘタクソな記者を行かせると、書き直すキャップの労力がえらいことになってしまうからだ。

東明に行けと言われたとき、それはもう奮起《ふんき》した。わたしは書けると思ったから、キャップは指名してくれたんだと信じたから。

「おまえはなかなかいい文章を書くな。ちょっと情《じょう》に流されるきらいがあるが、高校野球はまあそういう情も大事だしな」

研修中、キャップがそう褒めてくれたこともある。おまえらの中でかろうじて読むに堪えるのは泉の文ぐらいなもんだ、と新人全員の前で言われたこともある。

鳴瀬《なるせ》の場合は、試合経過なんかはとても細かく書くし、私感《しかん》もわりと的確らしいんだけど、文章が小学生の作文なみなのだ。他は、文芸作品のできそこないみたいな入り組んだ文章を書くやつとか。

野球経験のないわたしにとって、文章がマシというのは、唯一《ゆいいつ》の武器だった。だから、先輩たちの膨大《ぼうだい》な記事をあさって、気に入った記事をまるまる写して、リズムや表現のコツを習得した。そこからいくつも記事を書き、没《ぼつ》の嵐にもめげずに書き続けた。

その結果の指名だと思ったから、嬉《うれ》しかった。思いがけず月谷くんを通して木暮くんのレアな話も聞けて、これは確実に載せてもらえると期待した。

なのに、これだ。載ったは載ったけど、こんなのわたしの記事じゃない。ダメなところがあったなら、なおせと言ってくれればなおしたのに。時間がおしてたのはわかるけど、命じられれば死ぬ気で大急ぎで――

ああ、だめだ。こんなことで落ち込んでいる暇《ひま》はない。

今日は、千葉大会の取材に行くんだから。切り替えて、今度こそいい記事を書かなくちゃ。


「なんだこれ、ひでえ記事だな」

松崎《まつざき》キャップは、あきれ顔で原稿を突っ返した。

「やる気あんのか、泉。昨日いい記事書いてきたから、今日もいいところに回したのに」

すみません、と言って記事を受け取る。わかってた。今日の記事は、我《われ》ながらひどい出来だった。試合はすばらしくて、胸がいっぱいになりながら山ほどメモをとったというのに、いざ記事にしようとすると何を書けばいいのかわからなくなってしまった。ただ情報を詰め込んだだけの代物《しろもの》になってしまった自覚はある。

「こりゃ他のやつに行かせたほうがよかったな。お、鳴瀬、おまえの今日の記事はなかなかよかったぞ」

「ありがとうございます！」

背後で、鳴瀬の嬉しそうな声がした。あいつはたしか今日、群馬大会だったはず。ああ、相生《あいおい》学院が出たんだっけ。きっといい試合だったんだろう。鳴瀬のことだから、持ち前のコミュ力《りょく》で監督や選手、ついでにOB会あたりからもいろいろ引き出してきたにちがいない。

「昨日の記事は……」

そのまま引き下がるつもりだったのに、胸の中に急激にひろがったどす黒いものに押されるようにして、言葉がこぼれた。すでにパソコンに目を戻していた松崎キャップが、

「ん？」と目をあげる。

「いい記事っておっしゃいましたけど、全部書き直されていました」

「ああ、よかったぞ。幼なじみってネタを載せられたのはウチだけだ。よそからも電話あったぜー、あれは本当かって。いやぁ気分いいね」

キャップはにんまり笑ったが、わたしの気分はますます落ち込む一方だった。

「よかったって、その点だけですか」

「そりゃな。他は読めたもんじゃない」

キャップはぴしゃりと言った。胃が一気に縮こまる。

「前にも言ったが、おまえ情に流されすぎ。三ツ木——というか、月谷にあからさまに肩入れしすぎなんだよ。俺は木暮の取材しろって言ったよな？」

「木暮くんの記事はまだ書く機会がありますが、三ツ木高校は昨日が最後ですし……」

それに、三ツ木側から見た木暮くんの話もちゃんとからめたはずなのに。

「新人が勝手に判断するな。まあ百歩譲《ゆず》って、三ツ木のエピソードをメインに書くのはいいだろう。だがおまえの文章は、前半の月谷がいかに凄《すご》かったかってのが中心なんだ。判《ほう》官《がん》びいきはほどほどにしとけ。記者は公正じゃなきゃいけない。一番伝えなきゃならないのは試合内容で、他のエピソードはそこに付随《ふずい》するものだ。月谷がいかにクレバーな投手か詳細に記す必要はない。月谷が木暮の配球をそっくりなぞったことや、内野《ないや》に転がさないために三振を積極的にとりにいったことを、すごいことのように書いてただろ。こいつスゴイぞエピソードは漫画でやりゃあいい」

背後で噴き出す声がした。鳴瀬か、他の新人か。こみあげる羞恥心《しゅうちしん》をおさえるために、両手を強く握りしめる。

「申し訳ありませんでした。でも、実際に月谷くんは伸びると思います。三ツ木は面白いチームになります。昨日の試合を見てそう感じた人は多かったはずです」

「ほう。野球経験のないおまえに、何がわかる?」

息が止まった。口を開ける。何か言おうとしても、声がでない。

音も消えた。編集部のあちこちで鳴っていた電話の音や、話し声も、急に聞こえなくなった。

震える右手で、すがるようにカットソーの胸のあたりをつかむ。心臓が、胃のほうへ落っこちたみたいだった。さしこむように痛んで、視界が白くなる。

「まあ、経験がない記者なんていくらでもいるけどな。そういう人間が、経験者に優るカンを手にいれるにはそれなりの時間がかかるもんだ。今のおまえは、個人的な興味を記者のカンにすり替えているだけだろう」

キャップの声も、遠い。目の前で喋《しゃべ》っているのに、水の中で聞いているような気がする。

「たしかに月谷ってのは面白いやつのようだが、深入りするな。ある程度親しくなるのは必要だが、深入りすると目が曇《くも》る。ありのままが見えなくなる。そういうやつが書いた記事は、事情を知らない人間が読んでも、バランスが悪くて不快なものなんだよ」

不快。

つまりわたしの記事は、気持ち悪かったのか。昨日はじめて、入社して記者らしい仕事ができたと喜んでいたのに、他人からは不快を催《もよお》す代物《しろもの》だったのか。

「ネタを拾ってきたのは上出来だ。木暮とも接点ができたのもじつに結構だが、偶然の産物だろう。もちろんこういう現場じゃそういう縁も非常に大事だが、そこに乗っかるだけじゃダメだ。おまえの記事は、ただ月谷から聞いた話に自分の思い入れを乗せただけだ。これを書く時、おまえは誰を思い浮かべて書いた？」

「……それは……三ツ木や東明の選手です」

「それじゃダメだ。俺たちは、選手のために書いてるんじゃない。おまえが見るべきものは、声なき読者だ」

キャップは机の上に肘《ひじ》をつくと、組んだ指の上に顎《あご》を載せ、まじめな顔でわたしを見上げた。

「選手に阿《おもね》った記事を書けば信頼を得られるかと言えば、そうじゃない。俺たちは太鼓持《たいこも》ちじゃないし、逆にバッシングに乗っかる野次馬《やじうま》でもない。公正であること。それが全てだ。選手を見守る視点は悪いとは言わん。自分が好調の時も不調の時も、この人はちゃんと見ていてくれる。厳しくとも、冷静な意見をくれる。そう思わせるのが、信頼なんだよ」

おなかの底に、ずしんと何かが落ちてくる。

似たような内容のことは、今までだって何度も言われてきた。なのに、今日ほど響いたことはない。響きすぎて、胃が奇妙にけいれんをおこすぐらいに。

「わかりま……うっ」

わたしはとっさに口を覆《おお》った。ヤバイ。視界が欠けてきた。

「お、おい、大丈夫か」

キャップの声がする。でも顔がもうよく見えない。

「大丈夫です。あのちょっと失礼しますっ」

ヤバイ。本格的にヤバイ。ブラックアウトする前に、私は小走りでトイレに駆ける。

ぎりぎり個室に駆け込んで、便座の上に倒れこむ。胃が縮こまる。嘔吐《えず》くと、口からは酸《す》っぱいものが出た。他はなにも出ない。そりゃそうだろう、今日はろくに食べてないんだから。食べようとしても、胃が受け付けてくれなかった。

——野球経験のないおまえに、何がわかる？

あれがとどめだった。

入社以来ずっと抱《かか》えてきたコンプレックスを、容赦《ようしゃ》なく抉《えぐ》られた。そう言われるのが厭《いや》で、必死にやってきたのに。ここにいる誰よりも、勉強してきたのに。

やっぱり、ダメなんだ。そういう人間が何かを伝えようなんて、おこがましい。

ああ、なんで蒼天新聞に来てしまったんだろう。やめておけばよかった。

「あのままおとなしく就職浪人してればよかったんだ……」

嘔吐きがようやくおさまって、わたしは荒い息の中つぶやいた。


わたしの夢は、アナウンサーになることだった。子どものころから、画面の中でキリッとしてニュースを伝える女性たちがすごくかっこよく見えて、よく真似《まね》していたものだ。大学三年の時からアナウンス学校に通って、地方局を受験するためにアルバイトをして交通費にあてていた。昔から声がきれいだと言われていたし、身なりにも気をつかって、友達からも「千納ならなれるよー」と持ち上げられていた。複数の局で最終面接に残ったから、当然夢は実現するものだと思っていた。

でも、落ちた。ぜんぶ。

なぜですかと食い下がるわたしに、面接官のひとりが、言いにくそうに言った。

「きみ、訛《なま》りが残ってるんだよね。アナウンサー学校にいっても、抜けてないんだろう？ちょっと、無理だね」

天地がひっくり返るような衝撃とは、ああいうことを言うのだろう。

たしかにわたしには、高校まで過ごした土地の訛りがある。でも都心の大学に通っているうちに日常会話では全く出ることはなくなった。アナウンサー学校ではさすがに微妙なイントネーションを指摘されたし、「さしすせそ」がちゃんと言えてないからと矯正《きょうせい》された。だけど、ダメだった。わたしはもうすっかり直っていると思っていた。他の人と何が違うか、自分では全然わからない。でも、プロの人たちが聞いてやっぱり訛りが残っているとなったら、もうダメなんだ。

わたしのこれまでの努力はなんだったのか。しばらくご飯も喉《のど》を通らなくて、一週間で三キロ以上おちた。思いがけないダイエットに成功してしまったわたしは、もう一年がんばって再チャレンジしてみるか、他の職種に切り替えるかの岐路に立たされた。

そんな時たまたま、大学の就職課で見つけたのが蒼天新聞の求人だった。それまでスポーツ新聞社なんて考えもしなかったのに、蒼天新聞の名を見た途端、真っ青な空に鳴り響くブラスバンドの音と、駆け回る球児たちが脳裏に浮かび上がって、体が震えた。

まだこの体に残っている、夏の魔法。アナウンサーになって、高校野球のニュースを伝える日が来ることも、もちろん夢見ていた。

だけどそれがかなわないなら、同じ「言葉」で、感動を伝える仕事もいいんじゃないか。アナウンサーになりたいがために新聞を何種か読んでいたわたしは、「スポーツニュース担当するかもしれないし！」なんて思いこんでスポーツ新聞にもしょっちゅう目を通していたから、これも縁かもしれない、と半ばやけっぱちで申し込んだ。すると、アナウンサーの時の苦労はなんだったのかというぐらい、とんとん拍子《びょうし》に受かってしまった。勤め先が決まって親はとても喜んでいたし、わたしもほっとした。

でもやっぱり、しこりは残っているのだろう。

やっぱりあと一年やってみればよかったんじゃないか。その思いは、怒られるつど強くなる。夢の世界から否定されて、逃げるようにやって来たけれど、ここでもやっぱり否定される。

何もかもが甘かった。単に、高校野球が好きで、スポーツ新聞をよく読んでいた——だけじゃダメなんだ。鳴瀬たちは、もっとちゃんと仕事に取り組んでいるのに、わたしはいつまでも割り切れない。

「……あ……返信、しなくっちゃ」

ふと思い出し、スマホを取り出した。朝、せっかく月谷くんがメッセージをくれたのに見ていなかった。

アプリを起動すると、未読《みどく》メッセージがいくつもあった。

『あの記事を何度も見て、気がついたことがあるんですけど、ちょっと書いてもいいですかね?』

月谷くんのメッセージは、これを皮切りにいくつか続いていた。

『俺、昨日ちょっと嘘《うそ》つきました。雪辱《せつじょく》なんて考えないって言いましたが、訂正します。記事を読んでて、俺ほんとはめちゃくちゃ悔《くや》しくて、次は絶対に木暮に勝ちたいと思ってるんだなと気づきました。さっき衝動的に壁殴《なぐ》っちゃって、手がマジで痛いっす。でも無意識に右でやったあたり、我《われ》ながら本気なんだなぁと思って、笑えました』

わたしはびっくりして、動きを止めた。激しい言葉は、昨日の飄々《ひょうひょう》とした月谷くんのイメージとはかけ離れている。わたしは魅入《みい》られるように画面をスクロールした。

『東明と当たるって聞いた時、まっさきにカッコ悪いのは厭だなと思ったんです。木暮にみっともないところ見せたくない。でもそれってよく考えたら、結局は負けたくないってことなんですよね。もうどうしようもなく差があるのに、やっぱり勝ちたいって思ってる。そうじゃなきゃ、配球《はいきゅう》マネしたり、あんなバカなことしない。コールド喰《く》らって、じつは俺、ものすごく悔しかったんだと知りました。あんなに打たれたのに、誰も俺を責めなくて、よくやったと言われるのが辛《つら》かった。でもそもそもは、バカにされたり否定されるのが怖くて、最初から勝つなんて絶対ムリだしってポーズをしてた俺が悪いんです』

急に、画面に水滴が落ちた。見えない。シャツの袖《そで》で拭《ぬぐ》うのに、水滴は後から後から落ちてくる。いらだって、スマホを顔の真正面に掲《かか》げた。でもやっぱりよく見えない。壊れた水道の蛇口《じゃぐち》みたいに涙を噴き出すこの目をどうにかしないと、続きが読めないじゃないか。

ああ、月谷くん。君はやっぱり怖い子だよ。どうして、わたしの心を読んだような言葉をくれるのだろう。もちろん本人には、そんなつもりはないのだろうけど。

『昨日言ったとおり、泉さんに声かけてもらったぶんの仕事はします。今、俺ら夏休みなんですけど、繰り上げて新チーム始動することになりました。必ず、いいチームにします。きっと昨日、泉さんが声かけてくれなかったら、まだフラフラとしてたと思います。気づかせてくれて、ありがとうございます』

乱暴に目を擦《こす》って、どうにか続きを読むことができた。ここでメッセージは終わりらしい。わたしは大きく洟《はな》を啜《すす》った。

「ありがとう、って、こっちの台詞《せりふ》」

昨日、わたしが月谷くんに惹かれた理由。必ず秋から見守ろうと思った原因が、わかった気がした。

きっとわたしは、月谷くんのなかに、自分を見たのだ。

興味がないって顔をしながら、本当は誰より必死に投げてる姿に。あいつに勝ちたいんだと灼《や》けるように願う、目の中に。

負けたくない。否定されたくない。だから最初から、興味のないふりをする。そこそこでいいんだ、と自分に言い聞かせてる。

だけどそんなのは、嘘なんだ。

わたしは、君は、ここにいる。ずっと叫んでいる。

自分自身でその声から耳を塞《ふさ》いでも、あの容赦なく照らす夏の日差しのもとでは、全てが明らかになってしまう。人の心を揺さぶる音に溢《あふ》れた中では、わたしたちは嘘をつくことができないのだ。

「ごめんね、月谷くん」

涙はまだ止まらない。

彼はこんなに素直に真情を吐露《とろ》してくれたのに、そんな彼に、わたしは利用するために近づいたんだ。他の記者には書けないものを書けるかもという期待があったし、記事を書き上げたときだって、ただ単に、これなら載せてもらえると喜んだだけだった。

ただ月谷から聞いた話に自分の思い入れを乗せただけ——ほんとうにキャップの言うとおり。わたしは、三ツ木や東明のみんなのことを思い浮かべて書いたと言ったけれど、それが嘘だってことはキャップも知ってたんだ。わたしはただ、彼に託《たく》してわたしのことを書いただけ。

——わたしは、これだけできるの。本当はすごいの。だからわたしをもっとちゃんと見て！

昔は、無心で球場に行ってあんなに感動していたのに、今のわたしにとって、それはただの素材にすぎない。そんな人間に、人の心を揺さぶれる記事なんて書けるはずがないじゃないか。

「……あれ？」

スマホをしまおうとした時、メールのほうにも未開封《みかいふう》の通知があることに気がついた。十分前に見た時は、なかったはずなんだけど、いつのまに。

アプリを開いてみるけど、知らないアドレスだ。タイトルは──

『東明の木暮です』

「はっ⁉」

思わず、声が出た。慌《あわ》てて開くと、

『はじめまして、東明の木暮です。月谷からこのアドレスを教えてもらいました。突然すみません』

と続いていた。え、なにこれ、本物？　いや、嘘をつく理由はないか。

驚きのあまり涙もひっこみ、わたしは続けてメールを読んだ。

『蒼天の記事、読みました。つか月谷が写《しゃ》メで送ってきました。へんなこと訊きますが、泉さんが昨日の試合後、まっさきに月谷のところへ行った理由はなんですか？』

「なんでって……」

ますますびっくりした。木暮くんがそんなことを気にするなんて。

『あいつの投球に何か感じたってことですよね。記事からそれは、伝わってきます。泉さんから見て、月谷はどうですか。やっぱり、すごいですか？』

……あれ。これ、もしかして。

『月谷は中一のころ膝《ひざ》をやって、二年間は完全に離れてました。高校で復帰したって聞いて嬉しかったけど、三ツ木は弱いし、あいつ自身もう野球熱はさめたって言ってました。去年から適当にピッチング始めただけだから、試合はお手柔らかになんて言ってたけど、あれ絶対ウソです』

「……うん、いちおう中学時代もピッチングの研究は続けてたって言ってたよ」

それも嘘かもしれないけど。膝の怪我も初耳だし。月谷くんは先輩と合わなくて野球部やめたって言ってた。どっちが本当かは、考えるまでもない。

あの子はいったい、どんな思いでボール投げてたんだろう。木暮くんの中学での活躍を、どんな思いで聞いてたのかな。

『体力はまだ全然ダメだし、なんか中二病なのもアレだけど、やっぱあいつすごいです。

普段クールぶってるけど、泉さんから取材受けたのめっちゃうれしかったらしくて、珍しくテンション高かったんです。おまえより俺を選んだんだってすげー自慢してきてマジでウザかった』

木暮くんは無口そうなイメージだけど、メールだとなかなか饒舌だ。意外だけど、内容はもっと意外。だって月谷くん、わたしにいきなり「新人が一発逆転狙ってこっちに来た」なんて皮肉（事実だけど）ぶつけてきたのに、喜んでくれてはいたのか。

ちょっと、うれしい。行ってよかった、って思えるから。

『だから泉さん、どんどん月谷を煽ってください。あいつはおだてに弱いです。泉さん美人だそうだから、なおさらです。ちゃんと来年のマウンドまでつれてきてください。あとちゃんと俺のところにも取材来てください』

噴き出した。

木暮くん、マウンドだとあんなに無表情なのに。インタビューでも、どんな質問に対してもそつなく優等生っぽいことしか言わないのに。

実は昨日の試合、かなり燃えてたんだ？　あの二人、どっちも涼しい顔をして。しかもどっちも、お互いにすら本心を隠してたんだ。

面倒くさいと思うけど、よく考えたら高校生なんて、一番かっこつけたがる時期だもんね。自分だけが燃えてるって思われるの、イヤなのかも。

「だからって、わたし経由《けいゆ》で告白しあわないでよね」

スマホを拭《ふ》いて、ポケットにしまう。個室から出たわたしは、洗面台で水がはねるのもかまわず勢いよく顔を洗った。

悪くない気分だった。わたしの記事で、彼らは互いに一歩踏み込んで、自分の心に素直になった。

もしこれが本当にわたしが書いたものなら、すごく嬉しかったことだろう。でもたぶん、わたしの文章だったら、きっとこうはならなかった。あれは、高校野球の記事ではなくて、試合にかこつけたわたしの私記《しき》みたいなものだったから。

キャップは、わたしのいろいろダダもれの文章から、試合に臨《のぞ》んだ選手たちの思いだけを巧《たく》みに抽出《ちゆうしゆつ》してくれたのだろう。だからこそ、彼らの心にも届いたのだ。

「よし」

水を止め、鏡をのぞきこむ。顔どころか前髪やシャツまでびしょびしょだ。だけど、これでいい。禊《みそぎ》だから。

ちょっとだけつりあがった大きな目が、鏡の中からわたしを睨みつけている。最強のウォータープルーフを謳うマスカラも、さすがに剝げ落ちて目の下は真っ黒だ。青白い蛍光灯ではいっそう不気味に見える。

でもこれが今のわたし。ちょっとばかりきれいにつくろった面の下からあらわれたもの。

「あんたは、記者。蒼天新聞の記者、泉千納」

それ以外は、今はいらない。全部、洗い流してしまった。

昔、球場に来た途端、いやなものが全て吹き飛んでしまったように。あのときかけられた魔法を、今度は誰かにかけるのだ。

そうだ、今度こそ、わたしだけの言葉で。

球場に立つわたしのなかを通り過ぎていく、いろんな人の熱い想《おも》いを、記憶し、つなげていく。それがわたしの、役割なんだ。

甲子園とは、その果てにあるもの。

球児たちを利用して行くのではなくて、彼らの心によりそってはじめて、一緒に勝ち取れるものなのだ。

「なんでおまえびしょ濡《ぬ》れなんだよ。しかも、キモイ。なにそのツラ」

トイレから出た途端、鳴瀬と鉢合《はちあ》わせした。手に紙コップをもち、呆《あき》れた顔でわたしを見下ろしている。

「なに。様子見にきてくれたの？」

「は？　コーヒーとりにいった帰りですけど？」

「へー。コーラしか飲まないって豪語《ごうご》してなかったっけ」

わたしが手を差し出すと、鳴瀬はすごくイヤそうな顔をしつつも紙コップを渡してくれた。中身は白っぽい。口をつけると、ポカリだった。鳴瀬のくせに気が利《き》く。

「やさしいじゃん、ありがとう」

「いきなりあんな出ていきかたされたらびびるだろうが。戻ってこないから、キャップが様子見てこいって」

「女子トイレまで入ってくればよかったじゃない」

「入れるか、バカ。つかおまえ、メンタル弱すぎだろ。言っとくけどな、俺なんか一度も名前すら紙面に載ったことないんだぞ。他の奴《やつ》らもそうだ。名前載ったくせに不満なら、やめてくれても一向にかまわない。今からそれじゃ、甲子園に行ったら死ぬぞ」

「へえ、わたしが甲子園に行くの認めてくれちゃってるんだ？」

「だからやめとけって言ってんだよ。おまえには無理。おとなしく経験者に任《まか》せておけって」

「なら、ぶつ切りの小学校低学年文章を改善しなさいよね。目がよくてもあんな文章じゃなんにも伝わりませんから」

「うっせえな。おまえもポエムみたいな文章じゃないか！」

鳴瀬はむっとした様子で言い返してきたけど、目にはほっとしたような色があった。

ああ、なんだ。普通に心配してくれてたんじゃないか。

一気にポカリを飲み干すと、空《から》になったコップを右手で潰《つぶ》す。ポカリはぬるくて、コップは妙にへたっていた。たぶん、鳴瀬がけっこう長い間これをもって廊下《ろうか》をうろうろしていたせいだろう。その光景を想像すると、笑いと一緒に、せっかくひっこんだ涙がまた出そうだ。

「わたしたち、足して二で割るとちょうどいい記事になるのかもね。今度提出する前に見せてよ、添削《てんさく》してあげるから」

「なら泉も見せろ。恥ずかしいポエム削ってやる。あと、木暮の番号教えろ」

「前半は許すけど後半はダメ」

にぎやかに編集室に戻ると、キャップや他の記者たちが、濡れ鼠《ねずみ》な上にドス黒い顔のわたしを見てぎょっとした顔をした。

「お、おう。えらい別嬪になったたな」

キャップの黒光りする笑顔が、こころなしか引きつっている。わたしはとっておきの笑顔を返した。

「さきほどは失礼しました、キャップ。もう大丈夫です。それから――」

わたしは一度止まり、隣の鳴瀬を見た。それから、うかがうようにこちらをちらちら見ている同期の仲間たちを見回した。

「改めて、宣言しておきます。この中で甲子園に行くのは、わたしですから！」

『雲は湧き、光あふれて』

序

また夏が巡ってくる。

灼熱《しゃくねつ》の太陽と、地獄のような熱風でじりじりと焼き殺されていく、あの凶暴な季節が。


「暑いなぁ……」

雄太《ゆうた》は縁側《えんがわ》に座り、ぼんやりと空を見上げてつぶやいた。

八月を目前にしたこの日は、風もなかった。頭上の風鈴《ふうりん》はただ沈黙し、油蟬《あぶらぜみ》の声が豪雨《ごうう》のように降りしきる。視線を落とせば、一面に濃い桃色の花をつけた百日紅《さるすべり》の木も、この暑さに喘《あえ》いでいるかのようだった。

狭苦しいこの庭で我《わ》が物顔で咲き誇るこの木が、雄太は子供の頃あまり好きではなかった。単に、木がなければ思う存分バットを振れるのにという理由だったが、今はそんな練習をすることもない。むしろ、あの凄《すさ》まじい戦争を生き延び、この小さな庭で懸命《けんめい》に花を咲かせる百日紅がただただいとおしい。

四年前、雄太が南洋に出征《しゅっせい》した直後に、このあたりは爆撃を受けたらしい。家は奇跡的に無事だった。もちろん、この百日紅も。

黒ずんだ垣根《かきね》のむこうで、油蟬の声にも増して耳障《みみざわ》りな音がした。ひょこひょこと上下して見えるのは、郵便屋の帽子だ。また自転車の油が切れているらしい。先日見かねた雄太がさしてやったが、自転車自体が古い上に一日じゅう走り回っているから、すぐに駄目になってしまう。

「鈴木《すずき》さーん、小包《こづつみ》です」

ようやく音が遠ざかったと思ったら、今度は反対側の玄関から、郵便屋の間延《まの》びした声が聞こえた。母親のせわしない足音が続く。引き戸を開く音は聞こえない。もう昔とはちがう、物騒《ぶっそう》だから真昼でも戸口は閉めろと雄太は口をすっぱくして言っているが、暢気《のんき》な母は暑苦しくてかなわないと笑っていつも開け放してしまう。

「雄太、あんたによ」

玄関から戻ってきた母は、手に大きな木箱を抱《かか》えていた。

「誰から」

「鮫島幸彦《さめじまゆきひこ》さん。鹿児島《かごしま》の方よ」

「知らないなぁ」

そう答えてから、ひょっとして戦地で知り合った兵士にいたかもしれないと思い直した。しかしやはり、鮫島という名字は覚えがない。

雄太は首を傾《かし》げながら、何重にも巻きつけられた紐《ひも》を切り、蓋《ふた》を開けた。

その瞬間、雄太は中になにが入っているのかを知った。なじみ深い匂《にお》いが箱からあふれてきたからだ。

不意打ちのように訪れたそれに、雄太は一瞬、自分がどこにいるのかわからなくなった。

一度あふれたものは、とどまることを知らない。雄太はあっというまに、懐《なつ》かしくも苦しい記憶の世界へと引きずりこまれた。

1

雲ひとつない青空を背に、快音とともに白球が飛ぶ。

振り向き、その行方《ゆくえ》を追った。ボールは、たったいま雄太《ゆうた》の手から放たれ、捕手《ほしゅ》のミットに吸いこまれるはずだったもの。

打球は勢いよく伸びて、右中間《うちゆうかん》を大きく抜けた。歓声とともに、三塁《さんるい》走者がホームベース目指して駆けていく。

ああ、これ七点目か。雄太はマウンドの上から、走者がホームベースを踏む様をぼんやりと眺めていた。ひょっとすると八点目だったかもしれない。

視線を背後に向ければ、打者がゆうゆうと二塁ベースに辿《たど》りつくところだった。もう、帰りたい。しかし次の打者がすでにバッターボックスに入っている。

まだ投げなくてはならないのか。投げたら、片端《かたはし》から打たれるに決まってるのに。

雄太は腰を屈《かが》め、汗にまみれた手に土をつけた。表面が乾いても、何度も何度も執拗《しつよう》に。

「鈴木《すずき》」

声に顔をあげれば、防具をつけた大柄《おおがら》な捕手が立っている。雄太の不甲斐《ふがい》なさに、タイムをとって来てくれたのだろう。この回だけで、もう三度目だ。申し訳なくて、雄太は捕手の湯浅《ゆあさ》からとっさに目を背《そむ》けた。

「落ち着け、鈴木。全部ド真ん中に入ってるぞ」

湯浅は雄太の背中を軽く叩いた。口調に、責める響きはない。試合はまだ四回の表。一・二回は一失点で抑《おさ》えたものの、三回から崩れだし、この回は四球《しきゅう》と安打《あんだ》の大サービスだ。湯浅のサイン通りのコースに投げられないし、投げられたとしてもキレのない棒球《ぼうだま》ばかり。叱られてもおかしくないところだが、彼はあくまで落ち着いていた。

「すみません、でも、外の低めに投げようとすると、全部外れちゃうんで……」

「自信もて。おまえ、コントロールは抜群なんだ。ほら深呼吸してみろ」

湯浅の言う通り、雄太は大きく息を吸って吐き出した。しかし、何が変わるわけでもない。それでも湯浅に、少し笑ってみせた。

「よし。なにも考えずに、ミットに投げりゃいいからな。おまえなら大丈夫」

湯浅はもう一度雄太の背中を叩《たた》くと、ホームベースのむこうへと駆けて行った。そして打者と審判にそれぞれ頭を下げると、マスクを被《かぶ》り、腰を下ろす。どっしりした的《まと》が、そここにできた。この安定感は、体の大きさだけからくるものではないだろう。

中等学校のうちは、一学年の違いはとてつもなく大きい。雄太が普川商《ふかわしょう》に入った時から、一学年上の湯浅は、体格も言動も大人のようだった。

湯浅の指示は、外角低め、ストレート。カーブは今まで全て打たれているので、使えない。雄太は軽く頷《うなず》き、投球動作に入った。

セットポジションから、左足で踏み込み、体重をかける。上半身と下半身がばらばらに動いているような、不自然な感覚。体重が、うまく足に乗っていないのがわかる。だからむりやり腕を振り、ほとんど力まかせに投げつける。

ああ、まただ。球が高く浮いたまま、湯浅のミットにおさまった。

「ボール！」

審判の声が響く。またかよ、という声が後ろから聞こえた。この回だけで五点入っているのに、まだワンナウトだ。野手《やしゅ》は何も悪くない。すべて、雄太が崩れたせいだ。

またしゃがみこんで、手に土をつける。わかっている、指が滑るのは汗のせいだけではない。フォームが完全に崩れているのだ。

なんで、こんなことになってしまったのだろう。薄汚れた投手板《ピッチャーズプレート》を見下ろし、雄太は泣きたくなった。

地元では強いと評判の、普川商業。その野球部に入部して三年。今日は、はじめての先発を任《まか》せられた。下級生チームどうしの練習試合とはいえ、ここで監督に認められれば、将来のエースとして目をかけてもらえる。

試合の相手は、同じく野球の名門、佐川中《さがわちゅう》。同じ二年生に、橋本《はしもと》という県内屈指《くっし》の強打者がいる。彼とはじめて勝負できるのが嬉《うれ》しかったし、なんとしても抑えようと燃えていた。彼をねじ伏せなければ、甲子園《こうしえん》には行けないのだ。おかげで昨夜は、興奮して一睡《いっすい》もできなかった。

それがいけなかったのだろうか、初回の三人はあっさり抑えたが、四番の橋本にはいきなりホームランをくらってしまった。ソロだったからまだ助かったものの、二打席目には単打と連続四球で満塁《まんるい》になったところで走者一掃の三塁打を打たれてしまった。彼だけではない。他の打者にも、いいように打たれている。もう、どこに投げていいのかわからない。体が、思うように動かない。

まだ桜が散ってまもないころだというのに、まるで真夏のような烈《はげ》しい日射しが、マウンド上の雄太を灼《や》き焦《こ》がさんばかりに照りつける。全身、滝のような汗だ。どんなに土をこすりつけても、手が滑る。

結局、次の打者もストレートの四球で出塁を許してしまった。これで一死満塁。雄太は、いらいらとマウンドの土を蹴《け》りつけた。

「雄太！　滝山《たきやま》と交代だぞ！」

二塁から声がして、雄太は顔をあげた。

一人の選手が、走ってくる。背が高い。体はまだ細いが、雄太が見上げるほどの長身は、同い年とは思えなかった。

雄太は帽子のつばを引き下げ、やってきた相手にボールを渡した。

「すまん。あとは頼む、滝山」

返事はなかった。ボールを受け取った滝山は、雄太が降りたばかりのマウンドにあがり、右足で土を慣らし始める。雄太のことなど、見もしない。むっとしたが何も言わず、雄太は逃げ出すように走った。実際、逃げ出したのだ。

湯浅が構えるミットが、ひときわ力強い音をたてる。

「ナイスボール！」

マウンド上へ返球する湯浅の声も明るい。

自分が投げていたときとは、何もかもがちがう。

「何をやっとるか、鈴木！」

ベンチに戻るなり、監督の雷《かみなり》が落ちてくる。当然、鉄拳《てっけん》つきだった。

「マウンドはな、グラウンドの中で一番高い場所だ。そこに立つ奴《やつ》が、もう逃げ出したい、ここから降ろしてくれって顔をして投げるなんざ野球への冒瀆《ぼうとく》だ。湯浅や、おまえの背後を守る仲間たちに悪いと思わんのか？　おまえは佐川中に負けたんじゃない、自分に負けたんだ、わかっとるか？」

監督の言葉はいちいちもっともだった。雄太はただ、必死の思いで顔をあげ、「はい」「申し訳ありません」を交互に繰り返すほかなかった。うなだれていれば、即座に拳《こぶし》が飛んでくるからだ。

「滝山の投球をよく見ろ。あいつは、おまえに足りないものをもっている」

「……はい」

ようやく説教から解放され、雄太は仲間とともに応援に加わった。

が、どうしてもマウンドに目を向けることはできなかった。声を張り上げ、顔はそちらに向けてはいたが、帽子を目深《まぶか》にかぶり、視線はごまかしていた。

見たくない。

見れば、頭の中の「神様」が、また遠くなってしまう。

雄太が神様に会ったのは、九歳のときだった。

今なお、日にちをはっきりと覚えている。昭和《しょうわ》九年十一月二十日。母の実家のある静岡《しずおか》の草薙《くさなぎ》球場で、雄太は彼に出会った。

あの日、草薙球場には、野球を愛する者たちにとっては英雄、いや神といっていい人物が降り立った。

日本初のプロチーム「全日本軍」が迎えうつのは、「ベースボールの神様」ベーブ・ルースを筆頭《ひっとう》に、ルー・ゲーリッグ、ジミー・フォックスといった本場の一流選手たちをそろえた全米選抜チームである。はじめて見るアメリカの野球選手たちは驚くぐらい体が大きく、豪快《ごうかい》かつ華麗なプレーは、集まった観客を熱狂させた。

だが、雄太をなによりも感動させた英雄は、彼らではない。

大きな神様たちを、一段高いマウンドから見下ろしていた少年だった。

白いユニフォームに覆《おお》われた華奢《きゃしゃ》な体がうねり、褐色《かっしょく》の腕が大きくしなる。そのたびに彼は、三振《さんしん》の山を築いた。

沢村栄治《さわむらえいじ》。

その年まで、京都商《きょうとしょう》のエースとして、中等学校野球部の聖地・甲子園のマウンドに君臨《くんりん》していた速球投手。

来年も甲子園を沸かせるだろうと思われていた彼は、突然学校を中退して全日本チームに入り、日米野球の試合に登板した。日本選抜チームの中でも一番若く、決して体も大きくない少年は、その右腕一本で、大リーガーたちを翻弄《ほんろう》したのだ。

あの日から、沢村栄治は雄太の英雄になった。キャッチボールのたびに、沢村の真似《まね》をして豪快に足を上げて投げていたために、足の付け根をいためたこともある。

幸いにも野球の天分はあったらしく、近所では速球投手として有名になり、このあたりでは一番の野球の名門・普川商へと進学した。練習は予想以上に厳しく、気絶寸前まで追い込まれることも一度や二度ではなかったが、頭の中の沢村栄治の輝かしい姿に励まされてここまでやってきた。

何があろうと、あの日の彼の姿は昨日見たかのように鮮明で、霞《かす》むことはなかった。それなのに――

「ストラーイク！」

審判の声とともに、どよめきがあがる。つられて、雄太は無意識のうちにマウンド上に目を向けてしまった。

湯浅からの返球を無造作に受けた滝山は、さっさと投球動作に入った。

大きく振りかぶる姿に、あぜんとする。塁上《るいじょう》には、雄太が出した走者が二人もいるというのに、まるでかまう様子はない。

左足を大きく振り上げ、反動をつけて一気に長い腕を振り下ろす。まるで天を蹴《け》り上げ、手でわしづかみ、そのまま引きずり下ろそうとするような動きから繰り出された白球は、唸《うな》りをあげて湯浅のミットめざして突き進む。

打者は雄叫《おたけ》びをあげてバットを振ったが、完全に振り遅れていた。

「すげえ球！」「何キロでてんだ、ありゃあ。沢村みてえ！」

普川ベンチからも佐川ベンチからも、驚きの声があがる。耳を塞《ふさ》ぎたかった。

目を閉じても、もう遅い。滝山が投げる姿が、脳裏《のうり》にしっかり焼きついてしまった。こうなると、沢村はなかなか出てきてくれないのだ。滝山亨《とおる》と会ってから、まだ二ヶ月しか経《た》っていないというのに。

「滝山亨くんだ。高等小学校をじき卒業し、四月からここの三年生に編入する」

清潔な梅の香りが、凍《い》てついた冬の空気を和らげはじめたころに、久保《くぼ》監督は滝山を連れてきた。グラウンドに現れた少年は、一見したところ、貧弱といっていい体つきをしていた。同い年の雄太達の中にあってもがりがりに痩《や》せていて、立っているのが不思議なぐらいだった。

「野球経験はまだそれほどないが、投手でいこうと思っている。あれこれ説明する前に、見てもらったほうが早い」

百聞《ひやくぶん》は一見《いっけん》にしかず。その言葉を、あれほど噛《か》みしめたことはなかった。

不機嫌《ふきげん》そうにマウンドにあがったがりがりの少年は、それはひどいフォームだった。野球経験がそれほどない、という監督の言葉はずいぶん控《ひか》えめな表現だったのではないかと思うぐらい、何もかもなっていなかった。

しかし、左足を大きく蹴り上げて、人一倍長い右腕がしなった瞬間、誰もが度肝《どぎも》を抜かれた。

速い。しかもホームベースの上で急激に伸びるような、非常に力のある球だった。あんな球は、見たことが——いや、一度だけある。

六年前の、草薙球場。体の大きなアメリカの選手たちを翻弄した、華奢な少年の剛速球。

雄太は息を呑《の》み、同時に愕然《がくぜん》とした。

頭の中の沢村栄治が、一瞬にして、滝山亭に塗り替えられてしまったことに、気がついたからだ。

だから、見たくない。

あの腕から放たれた白球がミットにおさまるときの凄《すさ》まじい音、そのたびにあがるどよめきが試合が進むごとにどんなに胸を切り裂こうが、雄太は二度と両目をマウンドに向けることはしなかった。

かわりに、ただひたすら、打席に立つ佐川中の選手たちを眺めていた。

彼らのバットのことごとくが空《くう》を切るさまを。もしくは一度も振ることなく、ただ茫然《ぼうぜん》とマウンドとミットを見やり、去っていく選手たちを。

2

「ストライク！　バッターアウト！」

審判のコールに、あたりがどよめく。

見事に空振《からぶ》った打者は、悔《くや》しそうに顔を歪《ゆが》め、一塁側《いちるいがわ》ベンチへと引き揚げていく。

次の打者が打席に入っても、まだ声はおさまらない。いくら県内の名門校どうしとはいえ、三年生以下の準レギュラーの練習試合、しかも冬も間近にせまったこの半端《はんぱ》な季節に、ここまで観客が集まるのは珍しかった。

両校の学生、近所に住む野球好きの親父《おやじ》たち。年齢もばらばらな彼らを興奮させ、その視線を一身に集めるのは、たった今マウンドで投球動作に入った滝山《たきやま》だった。

中等学校三年生にして、すでに六尺《ろくしゃく》（百八十センチ）近く伸びた長身は、一瞬ぴたりと動きを止めたかと思うと、急激に沈みこむ。顎《あご》のあがった、決して美しいとはいえない妙なフォームだ。しかしその長い腕は鞭《むち》のようにしなり、全身の力を充分にためて放たれた球は唸《うな》りをあげて突き進む。

勢いあまって投手がマウンドで一回転し、打者にほとんど背を向けた瞬間には、もう全てが終わっている。打者ができるのは、ストライクど真ん中に決まった白球を茫然《ぼうぜん》と見つめることだけだ。

雄太《ゆうた》は立ち上がり、たった今ミットで受けたボールをマウンド上の滝山に投げ返す。ミットごしにまともに衝撃をくらった左手が痛い。見なくとも、腫《は》れ上がっているのがわかる。今夜はまた痛くて眠れないだろう。

七回表、ツーアウト。打席に入ってきた次の打者を、雄太はマスク越しに横目で見上げた。佐川中《さがわちゅう》の橋本《はしもと》だ。春先の練習試合で会ったときよりずいぶん体が大きくなり、見た目だけではもう四年生か五年生のようだった。実際に、すでに上級生中心の一軍での練習に加わっていると聞いている。その彼が、わざわざ二軍の試合に出てきた原因は、マウンドにいる滝山だ。

「滝山のやつ、尻上《しりあ》がりによくなるな。最初のうちは四死球《ししきゅう》連発だったのによ」

楽しくてたまらないといった表情で、橋本が言った。彼の最初の打席は死球での出塁《しゅつるい》だった。

「もう三打席目だろ、球よく見ろよ。おまえが打たなきゃ、天下の佐川中が完封《かんぷう》くらうことになるぜ」

小声で言った雄太を、橋本はおもしろそうに見下ろした。

「俺に打たせたいみたいじゃないか」

「……打てるもんならな」

「言うねえ。ところでおまえ、この間やったときはピッチャーやってたろ。あんまり不甲《ふが》斐《い》なくてキャッチャーにまわされたのか？」

雄太は唇を噛《か》みしめた。そうしなければ、うるせえと怒鳴りとばしてしまいそうだった。

図星をつかれるほど、人の怒りを煽《あお》るものはない。橋本の言葉は、いちいち当たっていた。

半年前のあの不甲斐ない登板から数日後、雄太は監督に突然、捕手《ほしゅ》への転向を命じられた。監督の命令は絶対である。理由ひとつ告げられず、「今日からキャッチャーをやれ」。これで終わりだ。雪辱《せつじょく》の機会さえ与えられないことに絶望したが、雄太は承諾《しょうだく》するほかなかった。「はい」以外の返答は、野球部から去ることを意味する。

雄太の家は、決して裕福ではない。両親が無理をして雄太を私立甲種《こうしゅ》（五年制）の普川《ふかわ》商《しょう》に入れてくれたのは、ひたすら雄太の夢のため。甲子園《こうしえん》へ行くためだ。親戚《しんせき》も、姉の嫁《とつ》ぎ先までもが、入学資金を援助してくれた以上、投手ではなくなったからやめるというわけにはいかなかった。

こみあげる屈辱《くつじょく》を抑《おさ》えこみ、雄太はミットを構えた。滝山へのサインは送らない。監督も、フルカウントになるまで好きに放らせておけと言っていた。追いこまれるまでは、どうせ捕手のリードなど無視するに決まっている。そういう奴《やつ》だ。

一球目は、ボール。橋本の鼻先をかすめていった。そこから三球続けてストライクゾーンに来たが最後の球に橋本が追いついてファウル、五球目はきわどいところで、ボール。六球目は、再びファウル。次は、橋本がとびあがってよけるほど低い内角へのボール。八球目、ファウル。

雄太は感心した。さすがに、佐川中の監督をして「私が監督になってから初めて見る天才打者」と言わしめるだけある。選球眼《せんきゅうがん》が抜群で、きわどいボール球は見逃すし、ストライクはことごとくカットしている。

前の打席はショートゴロに終わったものの、そのときもフルカウントからずいぶん粘《ねば》っていたので、球は見えてきたのだろう。他の選手は、三打席目でもほとんどバットに当てることができないのだから、たいしたものだ。

雄太は、マウンド上の滝山を見つめた。明らかに、苛《いら》ついている。ここまで粘られることそうそうないから当然だろう。ただでさえ、彼は気が短い。帽子の陰から睨みつけてくる切れ上がった両目を、雄太も負けじと睨みつけた。ふざけんな、俺のせいじゃねえよ。

カウントは2―3。二打席目と同じフルカウント。さきほどは、内角の球を詰まらせてゴロに打ち取ることができたが、この打席の橋本はタイミングが合ってきている。

マウンドからこちらを見据《みす》える滝山に、雄太は「外角低め、変化球」のサインを送る。

滝山は、軽く頷《うなず》いたように見えた。

しかし、あの豪快なフォームから繰り出されたのは――

（畜生《ちくしょう》！）

橋本のバットが、空気を切り裂く。

直球の重い衝撃が、ミットごしにまともに響いた。

「あーくそ！　内角に来るってわかってたのに！」

三振を宣告された橋本はしきりに悔《くや》しがって、打席を後にした。

雄太はゆっくりと立ち上がった。まだ、左腕が痺《しび》れている。完全に捕球《ほきゅう》できなかったボールは、地面に転がっている。

サイン違い。いや、そうではない。滝山は最初からサインなど見ていなかった。

ミットから零《こぼ》れたボールを摑《つか》み、雄太は怒りをこめて、一塁へと投げつけた。

普川商業と佐山中の練習試合は、４対０の普川商勝利で終わった。

両校は毎年のように練習試合を組んでいたが、普川商が勝ったのは実に五年ぶりのことだったので、彼らの喜びようは大変なものだった。

佐川中のグラウンドから引き揚げても普川商メンバーの興奮はおさまらず、電車でもうっかり大声を出して監督に殴《なぐ》られる者もいる。

喧噪《けんそう》から一歩離れ、雄太は車輛《しゃりょう》の隅にひとり佇んでいた。いまだ痺れているように感じる左手で吊革《つりかわ》を摑んだり離したりしながら、車窓《しゃそう》を流れる景色をぼんやりと眺める。まだ四時過ぎのはずだが、あたりはくすんだ色合いに染まっていた。紅葉で華やかな季節のはずなのに、ここのところ急激に街から色が消えているような気がする。

今年は神武天皇《じんむてんのう》即位から二千六百年目にあたるとかで、年はじめは何やらお祭り騒ぎだったが、十月になった今では、すっかりしらけた空気が漂っている。街中で目立つようになった「贅沢《ぜいたく》は敵だ」の看板がただ寒々しい。

もう二年も続いている支那《しな》での戦闘は、新聞によると常に日本軍の圧倒的優勢らしいが、ならばどうしてさっさと戦争が終わらないのか不思議でならない。

将校さんになりたい、大陸で名をあげたい、はやくお国のために戦いたいという軍国少年は大勢いたが、雄太はどうしても戦争が好きになれなかった。野球選手が大勢、戦争に駆り出されてしまったからだ。

沢村栄治《さわむらえいじ》が召集されたときも、ずいぶんと落胆《らくたん》したものだ。奇跡のような剛速球を生み出す強肩《きようけん》は、白球を手榴弾《しゆりゆうだん》に持ち替えて赫々《かつかく》たる戦果をあげ、今年の夏に再び球場に戻ってきたが、すっかり肩を壊しており、かつてのような球速を出すことはできなかった。それでもノーヒットノーラン試合を達成するなど、コントロールはあいかわらずの冴《さ》えを見せていたけれど、やはり最大の魅力であるあの速球が失われたことはあまりに惜しい。

雄太は目を閉じ、いまや記憶の中だけに息づく、沢村のかつての投球フォームを反芻《はんすう》しようとした。しかしそれはすぐに、今日見た滝山に変わってしまう。思いきり眉間《みけん》に皺《しわ》を寄せて目を開くと、「何こわい顔してんの」と隣から声をかけられる。

いつのまにか、遊撃手《ゆうげきしゆ》の林陽一郎《はやしよういちろう》が立っていた。小柄《こがら》な体と人のよさそうな丸顔の林と雄太は、野球部入部初日に仲良くなった。小学校時代も、試合で何度か顔をあわせていたが、非常に足が速くカンのいい選手だ。

林はいつもにこにこしているが、今日の笑顔はとびきりだ。雄太はつられて苦笑した。

「機嫌《きげん》いいな、ヨーチン」

「そりゃあ。だってあの佐川中に勝ったんだぞ？　しかも完封！　ノーノー（ノーヒットノーラン）！」

滝山のノーノーには、林も大きく貢献《こうけん》している。

九回裏、佐川中の最後の打者は、あの橋本だった。彼は四番の意地で、二回大きく空振った後、とうとう滝山の球をとらえた。

強いライナー性の当たりは、まっすぐ三遊間《さんゆうかん》を抜けた——かと思われたが、ショートを守っていた林が、みごとなダイビングキャッチで阻止《そし》してみせた。

友人のファインプレーはもちろん雄太にとっても嬉《うれ》しいものだったが、同時に、余計なことをと思わないでもなかった。

——あそこで林が張り切らなければ、せめてノーノーは崩れたものを。

「それにあっちには橋本がいたんだ。もうスタメンに入ってる強打者なのに、滝山が投げるっていうから、わざわざこっちに出たんだぞ！」

「知ってるよ」

「なんだよ、反応悪いなあ。滝山が完封できたのは、雄太の手柄《てがら》でもあるだろ」

「俺の？」

雄太は鼻を鳴らした。

「ヨーチン、後ろから見てただろ。サインなんてことごとく無視されたよ」

怒りをこめた雄太の目が、林の頭を通りこし、車輌の中ほどに向けられる。

野球部員たちが固まった黒山の中、飛び抜けて背が高い生徒がいる。滝山は機嫌よく笑いながら、部員たちと話していた。試合中とは別人のような能天気な顔が、また怒りを煽る。

試合中、さすがに雄太も腹に据えかねて、攻守交代の時に滝山に詰め寄った。

「サインと違うボール投げるなよ。捕《と》り損《そこ》ねたらどうすんだ！　サインが不服なら首振れば、こっちだって変えるのに」

するとは滝山はどうでもよさそうに雄太を一瞥《いちべつ》し、「サインなんて見てない」と答えた。

「……なんだと？」

「捕手に転向して半年のヒヨッコがサイン？　笑わせんな。そんなのは、球をぜんぶ捕れてから言え。てめえは壁みたいに、ど真ん中に構えて、来た球受けてりゃいい」

吐《は》き捨てると、滝山はさっさとベンチに入っていった。それきり、雄太を見もしない。

そして言葉通り、最後まで雄太のサインを無視し、ど真ん中に投げ続けた。

雄太は目の前が真っ暗になった。たしかに自分はまだ、捕手に転向して半年しか経《た》っていない。死にものぐるいで練習したとはいえ、未熟なのは重々承知だ。だが壁はあんまりではないか。

「そりゃ半年でなんか、あいつの球を受けるので精一杯だ、それは認める。だがあんな言い方はないだろ。そもそも俺はキャッチャーになりたくてなったわけじゃない。俺は、ピッチャーだったんだ」

怒りに震える雄太を前に、林の太い眉《まゆ》はハの字を描いた。

「気持ちはわかるよ。滝山も、口が悪いからなぁ。でも、いっぱいいっぱいなのは滝山も同じじゃないか?」

「そうか？　マウンド上でもふてぶてしいじゃないか。俺とは大違いだ」

つい自虐《じぎゃく》的なことを口にしてしまい、途端に後悔した。林がますます困った顔をしている。

「まああいつ、普通に突っ立ってるだけでふてぶてしいからさ。でも、滝山がまともに野球の練習はじめたのは、うち入ってからだろう。まだ一年なんだ。なのに一試合投げきるなんて、球を放るだけで精一杯だろ？　ずっと無我夢中《むがむちゅう》だったんじゃないかなぁ」

雄太は首を捻《ひね》った。林の守備位置からはわからないだろうが、雄太は試合中ずっと滝山の顔を見てきたのだ。橋本に死球をぶち当てようが、他の選手にストレートで四球を出そうが、眉一本動いていなかったと思う。林の好プレーにも、笑みひとつ零さない。ましてや、感謝の言葉などあろうはずもない。全てが、当然といわんばかりの態度だった。

しかし、雄太は反論はしなかった。林は、常に相手のよいところを探して、信じようとする人間だ。彼の善意を傷つけたくはない。

「それもそうかもな。しかしまあ、一年も経ってないのに三振を十二個もとってノーノーやらかすんだから、化け物だよ。末恐ろしい」

明るく返すと、林は目に見えてほっとしたようだった。

「それをうまく御《ぎょ》すのが雄太だからな」

「自信ない」

「雄太らしくないな。滝山の本気の直球を受けられる人間なんて、そういるもんじゃない。それができる時点で、雄太は凄《すご》いよ」

「よくこぼすけどな」

「まあまあ。バッテリーは一朝一夕《いっちょういっせき》にはいかないよ。これからだよ、これから」

林は能天気に励ましたが、結局その後も滝山との関係はいっこうに改善されなかった。

彼は相変わらずサインを見ようともせず、馬鹿の一つ覚えのようにストレートを投げ続けた。

「真《ま》っ直《す》ぐが来るとわかってたって、どうせやつらは振れない」

たまには変化球も投げろと言っても、滝山は自信たっぷりに断言した。

いまいましいことに、彼の言うことは間違ってはいない。この一年で、滝山の速球はさらに凄みを増した。打者は必ず振り遅れる。どうにか当てることに成功しても、球威《きゅうい》に負けてゴロが関の山だ。

雄太は、それを一番近い場所からただ眺めていた。滝山の重い直球を受けて、マウンドに返す。ただひたすらその繰り返し。まさに壁だ。そこにはなんの意志もない。滝山に声をかけても返ってくることはなかったし、ベンチにさがっても会話はなかった。ただ球を受けているだけなのだから、話すこともない。

そんな状態が続けば、当然監督も異状には気づく。が、彼は「まあしばらくは滝山の好きにやらせとけ」と言うばかりだった。そう言うほかないだろう。滝山はめきめきと上達し、問題なく勝ち続けているのだから。

しかし、彼が凄みを増していけばいくほど、雄太の疑問は膨《ふく》れあがる。

——俺は、いったいなんのためにここにいるのだろう?

もう、沢村のフォームを思い出すこともできない。毎日毎日、うんざりするほど滝山の投球につきあっているおかげで、まったく見えなくなってしまった。

そして雄太の中から、夢ごと彼を追い出した張本人は、自分を壁としか思っていない。

公式戦で滝山と組むのは湯浅《ゆあさ》や五年生の捕手だし、雄太は肩づくりのための本当の壁だ。

かといって、最上級生となり、試合に出るようになったとしても、状況が変わるとは思えない。滝山は明らかに雄太を軽んじている。壁は、いつまで経っても壁だろう。

自分は、なんのために残ったのだろう。こんな思いをしてまで、本当に野球部に残る意味があったのか？

疑問は日々大きく膨れあがっていったが、かといってやめるほどの勇気もなく、漫然《まんぜん》と日々を過ごしていくうちにいつしか年が改まり、昭和《しょうわ》十六年となった。

それまでは、国家総動員体制などと叫ばれながらも、多少息苦しい程度で戦時中であることを強く意識するようなことはなかったが、このころになるとさすがに雄太ら中学生のまわりでも状況は大きく変わった。

最も大きなことといえば、普川商に陸軍から若い中尉《ちゅうい》が配属将校として赴任《ふにん》してきて、四年生に進級した雄太たちにも週に二回の軍事教練が義務づけられるようになったことだろう。おかげで練習時間は削《けず》られるし、面倒なことこの上ないが、面倒で済んでいるのはとびきりの幸運なのだと彼らが知ったのは、夏の地区予選で佐川中と当たった時だった。

これが県下一の強豪校か？　昨年までさんざん苦しめられた佐川中？　誰もが目を疑うほど、佐川中は弱体化していた。原因は明らかに練習不足だったが、打席に立った橋本などは、顔に奇妙な痣《あざ》をこさえていた。どうしたんだと尋《たず》ねても言葉を濁《にご》すばかりだったが、どうやら配属将校にやられたらしいということがわかった。

配属将校の中には、亜米利加《アメリカ》から伝わった野球を毛嫌いし、弾圧しようとする者も多いという。佐川中は、みごとにハズレの将校を引いてしまったのだ。

「おまえらは相変わらず強いな。どうか甲子園で俺たちのぶんまで暴れてきてくれ」

昨年までは考えられなかったような無残な大敗を喫《きっ》した佐川中の面々は、試合後に涙をこらえて勝者を称《たた》えた。本来の実力を発揮できず次々敗退していくライバルたちの無念を、普川商の部員たちは複雑な思いで受け取った。同時に、「教練をおろそかにしないかぎりは結構」と今まで通りの練習を認めてくれるような将校が普川商に来てくれた幸運を、感謝せずにはいられなかった。

佐川中だけではなく、今まで強豪として知られていた学校が見る影もなく弱っているさまを見るのは胸が痛んだが、その痛みに鼓舞《こぶ》され、普川商の面々は快進撃を続けた。

大会中、雄太は控《ひか》え捕手としてベンチ入りはしていたが、春夏通して公式戦でマスクをかぶったことはなく、ひたすらベンチから声をからしていた。

一方、滝山のほうは、まだ四年生であるにもかかわらず全ての試合に登板した。このころにはすでに、滝山の名前は名実ともに普川のエースとして県外にまで轟《とどろ》いていた。

「普川のスタルヒン」

それが、彼のあだ名だった。

ヴィクトル・スタルヒン。沢村が召集された後、巨人のエースとして君臨《くんりん》する白系ロシア人だ。六尺三寸（百九十一センチ）の長身から投げおろすストレートの威力は凄《すさ》まじく、怪童《かいどう》と呼ばれた中学時代は、彼の球を打てる者は誰もいなかったという。

角度と速さのある直球で、打者の空振りを次々と誘う滝山を見て、憧《あこが》れと畏怖《いふ》をこめ大エースになぞらえたがるのも無理はない。しかし、熱烈な沢村ファンである雄太にとって、スタルヒン自体がそもそも複雑な存在である。よりにもよって滝山がその名で呼ばれるようになってからというもの、スタルヒンに罪はないがすっかり嫌いになってしまった。

そして地区大会準決勝の日、普川商ベンチは異様な興奮に包まれることになった。

部員たちの視線が、ちらちら観客席へと注がれている。そこには、明らかに中学生のものではない制服を纏《まと》った体格のよい学生や、いかめしい顔の大人たちが座っていた。

「おい、あれ慶應《けいおう》じゃねえ？」

「あっちは早稲田《わせだ》じゃないかな」

「法政《ほうせい》もいるぞ」

部員たちは、興奮ぎみに囁《ささや》きあった。

職業野球（プロ野球）リーグが発足《ほっそく》して五年の歳月が経ってはいたが、国民の支持を集めていたのはなんといっても学生野球であり、とくに東京六大学リーグはその頂点に立つ花形だった。

甲子園に出場して活躍し、東京六大学リーグに出て名を馳《は》せる。それが、野球少年たちにとって最高の夢だ。

その六大学が、はるばるこんな所までやってきた目的は、明らかだった。それでも、試合中に良い仕事をすれば自分も六大学の目にとまるかもしれない——普川商のレギュラー陣は、俄然《がぜん》はりきった。試合前の練習から、皆やけに気合いが入っている。

しかしその中で、明らかにやる気に欠ける者がいた。

「おい滝山、もっとちゃんと投げろよ」

集中する視線に居心地の悪さを感じながら、雄太は渋《しぶ》い顔で言った。

試合直前の投球練習だというのに、滝山はまるで身が入っていない。球も走っていなかった。先発なのにこれは困る。雄太はため息をつくと立ち上がり、滝山のもとに走り寄った。

「どこか具合でも悪いのか？」

小声で尋ねると、滝山は「べつに」とぶっきらぼうに答えた。

「なら、しゃんとしろ。六大学のスカウトが見にきてるんだぞ」

「俺、まだ四年だぜ。関係ねえよ。湯浅さんや蔵本《くらもと》さんの偵察《ていさつ》だろ」

「本命はおまえに決まってるだろう」

滝山は黙って肩をすくめるだけだった。いかにも興味がなさそうなその態度が、気にくわない。

「今から、どんどんいいとこ見せとかないとまずいぞ。せっかくむこうから来てくれてるんだし」

胸に湧《わ》きあがるどす黒いものを抑え、雄太はつとめて冷静に言った。

「全国には名の知れたエースがたくさんいるんだ。県で有名なぐらいじゃあ、ひっかからない。一年かけて印象づけるぐらいでちょうど――」

「うるせぇよ」

乱暴に、滝山が遮《さえぎ》った。

「進学するつもりなんてこれっぽっちもない。あいつらにもそう言ったんだ、なのにしつこい。六大学に進むのが最高の栄誉《えいよ》だ何だと、鬱陶《うっとう》しい。俺は興味がねえと言ってんだ」

雄太は目を丸くした。すでに六大学が接触し、滝山が拒絶していたのにも驚いたが、興味がないと言い切ったのにはもっと驚いた。

「何で？」

「俺はさっさと職業野球に行って稼《かせ》ぎたいんだよ。甲子園に出て名を売って職業野球に行けば大金が稼げるっていうから普川に来たんだ。じゃなきゃ誰がこんな面倒くさいもんやるかよ」

　雄太は、絶句した。

「だから、六大学なんて行くつもりはない。名は売れても、さらに四年も稼げないんじゃ意味ねえよ。まあおまえらは東京でチャラチャラやりたいんだろうから今日は必死になって走り回ればいいさ。俺は適当に流す」

「適当？　今日は準決勝だぞ！」

「たいした相手じゃない。明日の決勝をにらんで今日は手を抜く。三振は狙《ねら》わない、適当に打ち取る。まあ、多少引っ張られるかもしれないが、今日はどうせ全員、血眼《ちまなこ》になって守備に走るだろ？　まあ、俺の金のためにせいぜい頑張ってくれよ」

　露骨に馬鹿にした口調に、雄太ははらわたが煮えくりかえった。

「野球はただの金儲《かねもう》けの道具かよ？」

「そう言っただろ。おまえたちと何が違う？　おまえらだって甲子園に行って六大学に行ってちやほやされたいだけだろうが」

「一緒にするな！　甲子園は、俺たちにとっちゃ聖地なんだよ。どれだけ必死にやってきたか、見てわかるだろうが。他の学校の連中なんか、やりたくても練習できないんだ！　そのぶん、俺らが精一杯がんばろうって時に――」

「鬱陶しい」

滝山は乱暴に遮った。

「頑張れば報《むく》われるなら、勝負なんていらねえだろ。努力したって力がない奴《やつ》は、それまでなんだ」

「な……」

「まあ安心しろよ、ちゃんと甲子園にはつれて行ってやる。それでいいだろ？」

どうでもいいことのように、滝山は言った。

――つれて行ってやる。

その言葉は凶器となって、雄太の胸に深々と突き刺さった。

俺さえいれば、おまえみたいなただの壁だって甲子園に行けるんだ。感謝しろ。

雄太は頭の中で、何かが切れる音を聞いた。そして気がついた時には、目の前の男を思いきり殴りつけていた。

「やめろ鈴木《すずき》！」

「何やってんだおまえら！　試合前だぞ！」

部員がとんできて、すぐに雄太を滝山から引き離す。それでも雄太は、滝山を睨みつけたままだった。滝山は血のまじった唾《つば》を吐くと、虫けらでも見るように雄太を一瞥《いちべつ》し、背を向けた。


試合は、滝山の言ったとおりに進んだ。

コントロールはいいもののスピードのない球は、たまに甘く入ったところをあっさり打ち返された。滝山には珍しく長打《ちょうだ》も出たが、守備陣が次々と好プレーを連発し、失点は最小限に抑えられた。打線も爆発し、試合は8対4で普川商が勝利した。

そして翌日の決勝では、滝山は前日とは別人のような圧巻《あっかん》の投球を見せた。打撃が強いと評判の強豪相手に二塁を踏ませることなく、2対0で優勝を決めた。

甲子園出場が決まった瞬間、正捕手の湯浅はじめナインは絶叫してマウンドに駆け寄った。ベンチからも次々と部員が飛び出し、「普川のスタルヒン」にとびつき、もみくちゃにした。滝山の長身はあっというまに、白い波にもまれて見えなくなった。

お祭り騒ぎの中で、雄太だけがただひとり、ベンチの隅に立っていた。

待ち焦《こ》がれた瞬間だったはずだ。たとえ控えでも、湯浅たちが甲子園に行くことを心から望んでいたはずだった。一昨日までの自分なら、同じように飛び出して、歓喜の涙を流していただろう。

しかし今は、どうしても体が動かない。心も乾いたままだった。

ああ、これはもう駄目だ。

喜びに沸《わ》く仲間たちを遠く眺め、雄太は悟った。

甲子園は、夢だった。沢村栄治のようになりたいという願いが潰《つい》えても野球部にしがみついていたのは、その夢があるからだった。

だが、最後に残った夢も、自分の中で無残に砕けていたことを、このとき知った。

(野球部をやめよう)

やはり、監督に捕手転向を命じられたときに、そうすればよかったのだ。ずるずると一年も居残ったあげく、結局なにも為《な》すことができなかった。残ったのは、野球のことなど愛してもいない、甲子園をただの金儲けの足がかりと言い切る男の「壁」という事実だけだ。

今の雄太にできることは、自分の意志で、夢に幕を下ろすことぐらいだった。これ以上、夢を壊されたくはない。

今すぐはさすがに迷惑がかかるだろうから、甲子園大会が終わったら、上級生の引退とともに自分もやめよう。

その日までは、せめて精一杯「壁」として頑張ろうと、心に決めた。

しかし、時代の流れは、少年のひそかな決意もあっさりとへし折ってしまう。

八月に入ってまもない日、甲子園にむけて練習に励む部員たちは、突然、監督の前に整列させられた。

いつもは色つやのいい丸々とした顔をどす黒く染め、監督は部員をひとりひとりゆっくり見回した。

「非常に残念なことを、伝えねばならない」

いかにも気がすすまないといった体《てい》で、彼は口を開いた。

「全国大会が、中止になった」

部員たちは、最初なんと言われたのかわからなかった。ただ、ぽかんと口を開け、監督を見つめることしかできなかった。

「上からのお達しだ。甲子園だけじゃない。年内は、秋の県大会も全て中止だ」

ここに至って彼らは、これがたちの悪い冗談などではない、まぎれもない現実なのだと知った。茫然としていた顔に、驚愕《きょうがく》と怒り、絶望が広がる。

「国をあげて大事《だいじ》に立ち向かわねばならん今、舶来《はくらい》のスポーツなんぞをやらせるわけにはいかんそうだ。せっかく努力が実を結び、悲願の甲子園出場を果たしたというのに甚《はなは》だ不本意だが……これもご時世《じせい》ってやつだ。こらえてくれ」

そう言うと、監督は帽子を取り、深々と頭を下げた。

部員たちは絶句した。厳しい監督が自分たちに頭を下げるなど、考えられない光景だった。

監督はしばらくそのまま動かなかった。

動きを忘れ、木のように立ちつくす彼らを、真夏の太陽がじりじりと焦がしていく。静まりかえったグラウンドに、ただ蟬《せみ》の声がうるさく鳴り響いていた。

やがて衝撃が去ると、激しい怒りが燎原《りょうげん》の火のごとく広がった。

「なんだよそれ！　なんでいまさら！」「信じられねえ……」「今になって中止にするなら、なんで県大会までやらせたんだよ」「こんなのひでえよ。ぬか喜びじゃねえか」

そこここで、憤激《ふんげき》と嘆《なげ》きの声があがった。泣いている者もいた。

「信じられない。こんなのって、ねえよ」

雄太のすぐ隣でも、林が号泣《ごうきゅう》していた。

親友のその声も、地面に蹲《うずくま》って泣く先輩の姿も、雄太にはまるで遠い出来事のように感じられた。これは、悪い夢だ。そうとしか思えなかった。

国の大事？　わけがわからない。だったら甲子園だって、自分たちの一大事だ。

戦争なんて、国が勝手にはじめたことだ。そんなもののために、なぜこんな目に遭《あ》わなければならないのだろう。

自分はまだいい。どうせやめるつもりだったのだから。しかし林や他の者たちはそうではない。甲子園に出るために厳しい練習に耐え、ようやくその夢を手に入れたのに。

雄太はふと気になって、視線をさまよわせた。目当ての人物は、すぐに見つかった。

滝山は、険《けわ》しい顔で地面を睨みつけていた。

他の選手のように泣いてはいなかったが、その横顔は明らかに烈《はげ》しい怒りに張りつめている。彼にとっても、甲子園は大きなチャンスだったはずだ。こんなことで潰《つぶ》れるのは、やはり悔しいのだろう。

「皆、悔しいのはわかるが、それはどの学校も同じだ。気持ちを切り替えるしかない」

部員たちがひとしきり嘆くのを待ってから、湯浅主将が大きな声で言った。彼は事前に監督から話を聞いていたらしく、生徒の中では最も落ち着いていた。

「とにかくそういう事情なので、五年生は先日の県大会決勝が最後の公式戦ということになる。残念ではあるが、最後の試合を優勝で飾れたんだからな。それでよしとしよう」

日に灼《や》けた顔に笑みを浮かべ、彼は励ますように仲間たちを見回した。

それでよしと思える人間などいるはずもなかったが、反論する声はあがらなかった。湯浅の人格のたまものだろう。

「今回のことに気落ちせず、新チームは俺たちのかわりに必ず来年に甲子園に行ってくれ。その時は、なにがあっても応援に駆けつける」

湯浅が、明るい声でそう締めくくった時だった。

「行けやしませんよ」

低い声でつぶやく者があった。

全ての視線が、声の主《ぬし》に集中する。

「来年も、公式戦はありませんよ。戦争が終わるまで、ずっと」

滝山は、鋭い目に反抗的な光を浮かべて、湯浅を見おろしていた。

「なのに、練習する意味あるんですか？　野球部続ける意味、あるんですか」

「試合がないと決まったのは、今年だけだ。来年はまだわからん」

「あるわけないでしょう。去年より今年、今年より来年、どんどんひどくなっていく。今年ないなら来年、そしてその次だってあるわけがない」

吐き捨てる滝山を、湯浅は静かな表情で見つめた。

「試合がないなら、練習する意味はないのか？」

「当たり前です」

「よせ、滝山」

たまたま隣に立っていた雄太は、小声でたしなめた。しかし滝山は一顧《いっこ》だにせず続けた。

「投げる機会がないなら、俺もこのままやめます。続ける意味ないんで」

途端に、空気が張り詰める。誰もが息を呑《の》んで、五年生とその背後に控える監督をうかがった。

もともと滝山はものをはっきり言う性格で、上級生にも遠慮がない。編入当初は生意気《なまいき》だと殴られることもあったが、圧倒的な実力を見せつけるようになると、意見を言う者もいなくなった。甲子園へ行くには滝山が必要であると、誰もが知っていたからだ。

とはいえ、さすがにこれは言葉が過ぎる。誰もが、久保《くぼ》監督の雷《かみなり》が落ちることを覚悟した。

「滝山。それは本気か」

予想に反し、久保監督は静かに問いかけた。滝山を見る表情も、いくぶん青ざめてはいたが、怒りは見られない。

「はい」

「やめてどうする？」

「学校もやめて働きに出ます」

久保監督の眉間《みけん》に、深い皺《しわ》が刻まれる。周囲の緊張はいよいよ高まった。

先ほどまでのしんみりした空気など、もはやどこにもない。

「滝山、なにもそこまでする必要はないだろう。あと一年すれば卒業なんだ。働くのはそれからでも遅くない。卒業していたほうが、就職にも有利だと思うぞ」

とりなすように湯浅主将が言ったが、滝山はわずかに口元を歪めただけだった。このま
ま、「野球は金儲けだ」などと言い出すのではないかと雄太ははらはらしていたが、さすがに上級生が甲子園行きを断念したこの場でそこまで口にするほど、滝山も腐《くさ》ってはいないらしい。もし口を開いたら、力尽《ちからず》くでも止めるつもりだったので安堵《あんど》はしたが、滝山への苛立ちは募《つの》るばかりだった。

そもそも、やめる覚悟を決めていたのは、自分だったはずだ。なのに、なぜ滝山が先に言うのか。

いや、そんなことではない。

この重苦しい沈黙、皆の思い詰めたような顔。そして監督も主将も叱責《しっせき》を控えているのは、滝山の怒りが、ここにいる誰もが多かれ少なかれ抱《かか》えているものだという何よりの証《あかし》

だった。

これまで、血反吐《ちへど》を吐く勢いで練習に打ち込んできたのはなんのためか。勝ちたいから、甲子園に行きたいからだ。

それなのに、ようやく届きかけた大きな夢を、目の前で突然奪われた。

佐川中の面々の、あの生気のない姿は、選手たちにとって大きな衝撃だった。どれほど努力しようとも、配属将校のさじ加減一つで、チームはあれほど壊される。

ならば、今やっていることは全て無駄ではないのか？

誰もが、おそらくそう思っている。

「ひとつ、いいですか？」

監督も思案《しあん》に耽《ふけ》る中、重苦しい沈黙を破ったのは、湯浅だった。

「滝山の言うこともわかる。先は何も見えない。不安で自棄《やけ》になりたくもなる。それでも俺は、やっぱりこの普川商で、最後まで野球を続けたい。最後まで、諦《あきら》めたくはない」

湯浅は滝山をじっと見つめ、言葉を吟味《ぎんみ》するように、ゆっくりとした口調で言った。

「諦めなければ、いつかまた必ず試合は出来る。俺たちは、来年おまえらが必ず甲子園に行くと信じている。だから、長年の悲願だった甲子園が目の前で消え去っても、俺たちは耐えられるんだ。もし自分たちの代でかなわなくても、次が必ず願いをかなえてくれる

――そうやって願いを伝えていけるなら、何も無駄にはならないと知っているからだ」

そのとき、湯浅の目がはっきりと雄太をとらえた。まるで、長らく雄太の心を占めていた苦悩を全て見通していたかのように。

「だから、頼む。どんな形でもいい。どんな目的でもいい。可能なかぎり、野球を続けてほしい。それがいつか必ず、おまえたちにとっても救いになるから」

湯浅は勢いよく頭を下げた。すると、五年生たちは次々と彼にならい、深々と礼をした。

最上級生たちが、自分たちに頭を下げている。その異様な光景に、雄太たちは目を瞠《みは》り、そして心を打たれた。

この中で最も悔しい思いをしているのは、他ならぬ彼らのはずだ。自分たちの手で勝ち取った甲子園が、突然手からすり抜けてしまったのだから。

「悪いが、滝山。こいつらのこんな姿を見た以上は、私も許可できん」

それまで沈黙を保っていた監督が、重々しい口調で言った。

「こいつらに、そしておまえたちのためにできることは、来年こそ甲子園に連れて行くことだ。それにはおまえがいなければできないんだ、滝山。いや、滝山だけじゃない。ここにいる一人でも欠ければ不可能だ」

久保監督の鋭い目が、居並ぶ選手たちの顔を、ゆっくりとなぞっていく。

「だから、私からもお願いする。君たちの苦境はわかる。だが、どうか野球を諦めないでくれ。国中の球児が憧れる夢を、どうか繋《つな》いでほしい」

そう言って監督もまた、深々と頭を下げた。

滝山は、もう何も言わなかった。

3

昭和《しようわ》十六年十二月八日、日本海軍は真珠湾《しんじゆわん》攻撃を仕掛け、とうとう日米開戦の火蓋《ひぶた》が切られた。日本は国をあげて戦争に突き進み、学校教育でも全てにおいて軍事教練が優先された。

年が改まり春となっても、やはり大方の予想通り、選抜大会は行われなかった。湯浅《ゆあさ》ら五年生たちは卒業し、新学期となったが、野球部にやって来る新入生はほとんどいなかった。それどころか、年度が替わるのを機に退部する者が続出し、部員の数は激減した。新五年生は大半が残っていたが、それでも家の事情で学校ごとやめなければならない者が三名いた。滝山《たきやま》もやめるのではないかと雄太《ゆうた》は思っていたが、予想に反して彼は学校に残った。そして相変わらず、自分の好きなように投げていた。

夏の大会開催については未定だったので、雄太たちは一縷《いちる》の望みにかけて、練習を続けた。

それでも時代の風は、雄太たちを厳しく責め立てる。

野球自体は禁じられはしなかったものの、野球の用語はほとんど「敵性語」なので、全て日本語に言い換《か》えるよう強要された。ストライクは「ヨシ」、ボールは「ダメ」、ストライクアウト（三振）は「ヨシ、ソレマデ」と言ったあんばいだ。くだらなくて泣けてくる。

教官の目がないところでは皆そんな命令など無視していたが、五月に配属将校が代わってからはそれも難しくなった。今までの配属将校は比較的リベラルだったが、新たにやって来たのはガチガチの国粋《こくすい》主義者だったからだ。

「普川商《ふかわしょう》の教育は実になっとらん！　怠惰《たいだ》な前任者に代わり、不肖《ふしょう》・大園《おおぞの》が、諸君らを天皇陛下《へいか》のお役にたてる神兵《しんぺい》へと鍛《きた》え上げてやる。感謝せよ！」

着任するなり全校生徒の前で唾《つば》をとばしながら宣言した大園中尉《ちゅうい》は、翌日からさっそく実行に移った。

今や校長や理事長よりも権力をもつと言われる配属将校は、それまで週二日だった軍事教練を四日とし、時間も大幅に増やした。おかげで課外活動の時間が大幅に割かれることになった。

さらに大園は、日本古来の武道以外は認めぬと公言してはばからぬ男だった。最初は野球部を潰《つぶ》すつもりだったらしいが、さすがに前年度地区予選優勝を決めた強豪校を廃部に追い込むのは簡単ではなかったようで、野球部はかろうじて廃部を免《まぬか》れたが、大園はそれで諦《あきら》めるような男ではなかった。

彼は教練で、ことさら野球部員を「贔屓《ひいき》」した。体の大きい野球部員たちは目立ち、そのため他の者たちよりもより多く走らされ、倒れれば殴《なぐ》る蹴《け》るの暴行を受けた。

特に目をつけられたのは、滝山《たきやま》だった。

なにしろ彼は「普川のスタルヒン」だ。さらに背が伸び、六尺《ろくしゃく》を超えた彼は、五尺そこそこしかない大園中尉にとって、立っているだけで目障《めざわ》りな存在らしい。

しかも雄太にとっては頭の痛いことに、滝山は人に頭をさげられない性格だった。野球部では、その圧倒的な実力ゆえに尊大な性格も大目に見られていたが、大園中尉には許す義理などない。

根性が腐《くさ》っとる。何様のつもりだ。野球などできたところで何にもならん、従えないなら生きている価値すらない。そんなにでかい体をして、戦場では当ててくれと言っているようなものだ。

滝山に浴びせる罵声《ばせい》は、将校とは思えぬほど子供じみたものだった。滝山も最初はむっとして中尉を睨《にら》みつけ、ここぞとばかりに殴られていたが、そのうち相手をするのもばからしくなったらしい。あからさまに無視をするようになった。

しかし、七月のはじめに事件は起こった。

梅雨《つゆ》のさなか、その日は朝から細かい雨が降っていた。初夏に似合わぬ、冷たい雨だ。ぬかるんだ運動場に整列させられた雄太たちは、三八式歩兵銃《さんはちしきほへいじゅう》を掲《かか》げ、震えながら立っていた。ヨシの声がかかるまで、指一本動かしてはならなかった。

直立不動の生徒の間を、大園中尉が蛇《へび》のような目つきで睨《ね》めまわしながらゆっくりと歩きまわる。

そして滝山の前でぴたりと足を止めた。滝山の隣に立っていた雄太には、大園中尉の顔にそれは嬉《うれ》しそうな笑みが浮かぶ様がはっきりと見えた。いやな予感がする。

「おい、滝山。おまえ、実はたいそうな家の息子だそうじゃあないか」

奇妙な猫なで声で、中尉は言った。滝山の眉《まゆ》が、ぴくりと動く。

「俺の部下が、大連《だいれん》の出でなぁ。おまえのおふくろさんは花街《かがい》でも評判の別嬪《べっぴん》だったとか。さらに父親はなんでも露助《ろすけ》との混血だそうじゃないか」

途端に、周囲がざわめいた。

いつもならばすぐに大園中尉の怒声が飛ぶところだが、今日にかぎっては中尉も咎《とが》めない。むしろ、周囲の反応に気をよくしたように、ますます調子よくまくしたてた。

「おまえがそうも無駄に背が伸びた理由が、よくわかった。しかしまあ、おぞましい。ひとめ見た時から、おまえにはこの神国《しんこく》にはふさわしくない、汚れ濁《にご》った血を感じておったからこそ、なんとか矯正《きょうせい》してやろうと熱心に指導してやったのだが、元がそうまで腐っているのでは、仕方がないな」

滝山は、まったくの無表情だった。これはまずいと雄太は直感した。あれは、怒りが限界を超えた時の表情だ。

「それにしても、おまえたち母子《おやこ》の面《つら》の皮の厚さときたら驚きだ。父親はその血にふさわしい最期《さいご》を迎えたようだからまだいいが、おまえの母親ときたらそしらぬ顔で金のある男をたらし込んで日本に舞い戻ってきたんだからな。まあ妾《めかけ》になれただけでも……」

その瞬間、雄太は小銃《しょうじゅう》を放り出し、横から滝山に飛びついた。

滝山が腕を振り上げたのはほぼ同時だったが、雄太のほうがわずかに早かった。二人はそのまま、ぬかるんだ地面に勢いよく倒れこむ。

大きく泥《どろ》が跳ね上がり、大園中尉の全身をべったりと汚した。中尉はしばらく何が起きたかわからない様子だったが、雄太に押さえつけられながらも凄《すさ》まじい目つきで睨みつけてくる滝山を見て、声をはりあげた。

「なんだァその目は！　おまえ、いま何をしようとした！」

興奮と怒りのために奇妙に裏返った声に、そこここで失笑《しっしょう》が漏《も》れる。中尉は真っ赤になり、鞘《さや》をつけたままの軍刀《ぐんとう》で、滝山の顔を殴りつけた。

「言え！　俺を殴ろうとしただろう！」

「ちがいます！」

雄太は、声をはりあげた。滝山が馬鹿なことをしでかさぬように、必死に地面に押さえつけながら、顔だけ大園に向けて言った。

「何もしてません！　中尉殿にそんなこと、するはずがありません！」

「おまえは黙ってろ！」

大園は思いきり雄太の横腹を蹴りつけた。

彼の体はふっとばされ、泥の中へと落ちる。

「ああ？　どうだ非国民？　頭に来て、殴ろうとしたよな？」

腹を蹴られた衝撃と、泥を呑み込んだせいで咳《せ》き込む雄太には一瞥《いちべつ》もくれず、大園は血走った目で滝山を見下ろした。

「殴ってもいいんだぞ？　さあやってみろ」

奇妙にやさしい声で、しかし顔には凶暴な笑みをたたえ、中尉は言った。軍刀の先は、滝山が起きあがれぬように右肩を押さえつけている。

右肩。雄太は蒼白《そうはく》になった。

そのとき一瞬、滝山と目が合った。彼は、雄太の顔を見ると、一度きつく眉根を寄せ、それから地を這《は》うような声で言った。

「いいえ。不注意で姿勢を崩してしまい、申し訳ありませんでした」

途端に中尉の顔が、どす黒く染まる。

「嘘《うそ》をつくな！　どこまで腐った男なんだ、おまえは！」

軍刀が跳ね上がり、勢いよく滝山の右肩にたたきつけられる。その光景を見た瞬間、雄太は再び飛び出していた。

「やめてください！」

滝山の上半身を守るように、覆《おお》い被《かぶ》さる。

怒声とともに、背中に激しい痛みが来た。また腹を蹴られる。雄太は再び転がったが、今度は大園の足にしがみついた。

「離せこのォ！　殺されたいのか！」

どんなに脅《おど》されても、殴られても、今度は離さなかった。

滝山の肩だけは、守らなくては。その一心だった。

「鈴木《すずき》って馬鹿じゃねえの」

滝山は、不機嫌《ふきげん》も露《あら》わに吐き捨てた。

「馬鹿って言うやつが馬鹿なんだ」

雄太はさらに不機嫌に言い返した。

だいたい助けてやったのに、礼のひとつもないどころか、馬鹿とはなんだ。

あのあと二人はさんざん大園に殴られたが、とんできた教員たちが必死に宥《なだ》めてくれたおかげで、意識をとばす寸前で解放された。

教員からもこってり油を絞《しぼ》られ、医務室に放り込まれたが、誰もいなかったので仕方なく自分たちで勝手に手当をすることになった。気まずさを紛《まぎ》らわすように、彼らはずっと罵《のの》りあっていた。

「馬鹿に馬鹿っていうのは当然だろ、馬鹿」

「うるさい、馬鹿。あいてててて」

消毒液をしみこませた脱脂綿《だっしめん》を、滝山は容赦《ようしゃ》なく雄太の顔に押しつけた。

「顔、すげえ腫《は》れてんぞ。マスクかぶれんのか?」

「かぶれるよ。それよりおまえ、肩は」

「なんともねえよ。だいたい、朝日《あさひ》が今年の甲子園《こうしえん》はなしって発表しただろ。どっちみち今年も大会はねえんだ。俺が投げられなくなっても関係ないだろ」

「職業野球に行くんだろうが。見せてみろ、軍刀であれだけやられて何もないわけがない」

するると滝山は、とびきり奇妙なものを見るような目を雄太に向けた。

「……なんともないって言ってるだろ」

「なんともないなら見せてみろ」

雄太はおもむろに手をのばし、滝山の右肩を押した。途端に滝山が体を震わせる。

「やっぱり痛いんじゃないか」

「いきなり触られたから驚いただけだ」

「そんな顔じゃなかったぞ。それに熱い。なんですぐ冷やさないんだ。とっとと脱げ、湿《しっ》布《ぷ》貼《は》るから」

滝山は文句を垂れながら、ようやく泥だらけのシャツを脱いだ。

あらわれた右肩を見て、雄太は声を失った。全体がひどく腫れあがっている上に、鞘の先端を押し込まれたとおぼしき箇《か》所《しょ》は皮《ひ》膚《ふ》が破れ、肉がえぐれている。血まみれだった。

「おい、なんだこれ」

蒼白になった雄太を見て、滝山のほうが気まずそうに目を逸《そ》らした。

「見た目ほど、問題はない」

「そんなわけないだろ！　えぐれてるじゃないか、あのクソ野郎！　投手の肩痛めつけるなんて何考えてやがるんだ」

雄太は大園中尉を存分に罵りながら、痛々しい傷に消毒液を遠慮《えんりょ》なく振りかけた。滝山は声にならない悲鳴をあげた。相当沁《し》みるだろうに、絶叫しなかったのはさすがだ。

手当の間、滝山は目を真っ赤に充血させ、全身で息をしていたが、ガーゼを貼り付けるころには、いくらか呼吸も落ち着いた。

傷だけではなく肩全体の腫れもひどいので湿布を貼ろうと立ち上がると、滝山はうっすらと涙の膜《まく》が張った目で雄太を睨みつけた。

「怪我《けが》のことは誰にも言うな。肩やったなんて知れたら、職業野球が遠のく」

「俺が言わなくたって、教練はみんな見てたんだからどうせすぐ監督の耳には入るだろ」

「入っても、俺は問題ないと言う。おまえも問題ないと言えば、それで済む」

「無茶苦茶だ。ここで無茶して肩壊したら、それこそ職業野球どころじゃなくなるぞ」

雄太は椅子《いす》から立ち上がり、棚《たな》から湿布を取り出して戻ってきた。こちらに背を向けたまま、滝山はぴくりとも動かない。

湿布を手に戻ってきた雄太が、滝山の背後に椅子を置くと、唐突《とうとつ》に「べつに」と背中越しに声がした。

「べつに何だよ」

「べつにかまわない。どのみちもう、行けそうにはないからな」

「らしくなく弱気だな」

「聞いただろ、さっきの糞《くそ》ったれの話」

右肩に湿布を貼っていた雄太の手が、一瞬止まった。

「あれは、本当だ」

雄太はぐっと腹に力をこめ、なにごともなかったかのように、丁寧《ていねい》に湿布を貼った。それでも少し皺《しわ》が寄ってしまった。

「だから複雑だったよ。普川のスタルヒンて言われるのはな。そういう意味で言われてるんじゃないってわかってはいたが、呼ばれるたびに苛《いら》ついた」

「でもスタルヒンは、あんなに活躍してるだろ。滝山の実力があれば、あんな中尉の言うことなんか関係ないさ」

「おまえ、スタルヒンがどんな扱い受けてるか知ってるか？」

「扱い？」

「このあいだ久しぶりに、東京にいるおふくろと会ったんだ。で、球場の近くに行ってたまたま見た。通行人に罵られながら、石投げられてるスタルヒンを」

雄太は愕然《がくぜん》とした。

「石？　スタルヒンが？」

「鬼畜米英《きちくべいえい》とかスパイとか、ひでえこと言われてた。でもスタルヒンは、なんにも言わなかった。もう日常茶飯事《さはんじ》って感じでさ、あきらめたような顔してた」

「なんで？　なんでスタルヒンが石投げられるんだよ？　だって、須田博《すだひろし》って改名までして、巨人軍の大エースで」

「まともにスタルヒンの顔を知ってるのなんて、球場に通いつめる野球好きだけだろ。たいていの日本人からしたら、金髪で目が青くてでかいスタルヒンは、亜米利加《アメリカ》や英吉利《イギリス》の連中となんら変わりゃしねえよ」

頭がくらくらした。そんな馬鹿げたことが、あっていいのか。

「でも、エースがそんな目に遭《あ》ってんのに、球団は知らんぷりだ。スタルヒンのおかげで勝ててるのに、だ。そんなところに俺が入れると思うか？」

雄太は何も言えなかった。滝山は、スタルヒンとは違って、何も知らされなければ日本人にしか見えない。だが、そういうことではないのだろう。

「馬鹿げてるよな。何が紳士のスポーツだ。おまえの好きな沢村《さわむら》も、せっかく戻ってきたのに結局また召集されちまった。また生きて帰ってこられるかどうか。戻ってきても、今度こそ完全に肩がイカれてる。球速だけじゃなくて、もうコントロールもつかねえだろうよ」

「そんなこと言うなよ」

「本当のことだ」

滝山はそっけなく言った。

彼が口を閉ざすと、あたりは沈黙に包まれた。ただ七月の雨音だけが、しめやかに空間を満たすだけ。

気泡《きほう》の入った窓ごしに見る光景はぼんやりと歪《ゆが》み、暗い灰色に塗りつぶされていた。昔はもっといい硝子《ガラス》を使っていたから何でもはっきり見えたのに。今は、闇《やみ》が近づくと全てが歪んで何も見えない。

——何も、見えない。

「俺たち、いつまで野球できるかな」

気がつくと、雄太はそうつぶやいていた。

滝山は何も答えなかった。

4

その知らせは、梅雨《つゆ》の貴重な晴天のごとく、雄太《ゆうた》たちを明るく照らした。

「みんな、甲子園《こうしえん》だ！　甲子園に行けるぞ！」

新しく主将となった林《はやし》が、飛び跳《は》ねながらグラウンドに駆け込んでくる。

めいめい練習に励んでいた部員たちはまずあっけにとられ、それから顔を見合わせ、猛然と走り出した。

「甲子園？　ほんとかよ！」「主催の朝日《あさひ》が、今年は中止って発表したじゃないか」「撤回《てっかい》したのか？」

部員たちは林を取り囲み、次々と質問を浴びせかけた。林は誇らしげに胸をそると、とっておきの内緒話《ないしょばなし》を明かすように言った。

「まあ聞けよ。たしかに、毎年朝日がやってる野球大会は中止だ。でもかわりに、文部省がやってくれるらしい」

「なんで文部省が。関係ないだろ」

「文部省の外郭《がいかく》団体に、学徒体育振興会《しんこうかい》ってのがあるんだ。その主催の体育大会の一環《いっかん》として、野球の全国大会も開催するんだそうだ」

「じゃ、主催は違うけどいつもと形態は同じってことか？　地区予選やって勝ち抜いたのが――」

「そう。甲子園での、全国大会だ」

林は、厳《おごそ》かな口調で言った。

しん、とあたりが静まりかえる。それは、昨年の夏、全国大会中止を知った時に訪れた沈黙とは、全く違うものだった。

「たぶんすぐ、地区予選が組まれるはずだ。ボヤボヤしてるヒマはないぞ！　今年は佐川《さがわ》中《ちゅう》の配属将校も代わって、野球部も本腰を入れて練習してるっていうからな」

林の言葉に、部員たちは次々と雄叫《おたけ》びをあげた。

「よっしゃあああ！　気合い入った！」

「今年こそ全国制覇《せいは》だぁぁ！」

「俺ぁ今年こそやるぞ！　見てろかあちゃん！」

顔を紅潮《こうちょう》させ、目を擦《こす》りながら、彼らは猛然と走り出した。それまでほとんど惰性《だせい》で続けられていた練習は途端《とたん》に活気づき、昨年夏の盛り上がりがそのまま戻ってきたかのようだった。

その中で、雄太はなんとなく興奮から取り残されていた。

「聞いたか？」

傍《かたわ》らの長身を見上げると、彼はどうでもよさそうな顔で頷《うなず》いた。

「耳ついてるからな」

「……肩は平気か？」

「甲子園ぐらいまではもつさ」

雄太は眉《まゆ》をひそめた。

あの怪我《けが》から、まだ一月《ひとつき》も経《た》っていない。教練の一件を聞いた久保《くぼ》監督は、滝山にしばらく投げないよう命じたが、滝山は数日休んだだけで「もう大丈夫」と勝手に投球練習を始めていた。

だが球を受けている雄太には、はっきりとわかる。球には、以前ほどの力はない。

「なんて顔してやがる」

雄太の頭を、グラブをはめたままの手で滝山がはたく。

「おまえが大好きな甲子園だろ。よかったじゃねえか」

「予選で優勝すればの話だ」

「させてやるよ、ちゃんと」

去年のこの時期と全く変わらない、不遜《ふそん》な物言い。だが以前ほど腹は立たなかった。

「あいかわらず自信過剰《かじょう》だ」

「俺は甲子園へ行くために連れてこられたからな。大会があるなら、問題なく役割を果たすさ」

「甲子園へ行くため？　そういや、おまえと久保監督は昔から知り合いだったのか？」

「お袋の遠縁の知り合いだ。ほとんど他人だな。お袋は親戚《しんせき》から縁を切られてるし、金には結構苦労していた。甲子園に行けば稼《かせ》げると聞いたんで、俺がとびついたんだ」

滝山は淡々と語った。全くのひとごとのようだった。

「結局、職業野球で稼ぐのは無理そうだが、恩は返さないとおふくろに叱られる。こっちに来るにあたって、監督にはずいぶん世話になっちまった。どうせもう後がないから、ぶっ壊れるまで投げまくってやるよ」

滝山は笑った。言葉は自棄《やけ》になっているようで気に入らなかったが、表情は妙に晴れ晴れとしていた。

普川商《ふかわしよう》は大方の予想通り、地区予選から圧倒的な力を見せつけ、大差をつけて勝ち続けた。エース滝山はほとんど全ての試合に先発し圧巻《あつかん》の投球を見せつけた。

彼だけではない。どの選手も、そしてどの学校も、みな必死だった。

昨年の大会ももちろん皆勝つために必死だったが、今年はまた種類が違うように雄太は感じた。

——これが、最後の試合かもしれない。

そこに居合わせた誰の胸にも、その思いがあった。

来年にはもう、今年のような奇跡は起こらない。大本営《だいほんえい》発表は連日のように日本の大勝利を伝えるものの、相変わらず終わりは見えない。

学制が改正されて中等学校も五年から四年に短縮されたし、徴兵《ちようへい》年齢も引き下げられた。今、最上級生の者たちは十六か十七だったが、卒業すればいつまた徴兵年齢が引き下げられて赤紙《あかがみ》が来るかわからない。

好きなだけ野球が出来るのは、こうして歓声を受けて試合が出来るのは、これが最後かもしれない。

そんな切羽《せつぱ》つまった空気と、野球が出来るという弾《はじ》けるような喜びが、独特の熱気となって、球場を包んでいた。

試合が始まる前に、林は言った。

「いいか、明日のことは考えるな。とにかく今日、全力を出し切るんだ！」

それは、必ず甲子園に出場するという誓いとは相反《あいはん》するように見えて、実のところ全く矛盾《むじゅん》していなかった。どの学校もがむしゃらな気迫に満ち満ちて、全力であたらなければとても勝てそうになかったからだ。

滝山も、昨年のように力を抜くようなことはなかった。ぶっ壊れるまでという言葉通り、気迫のこもったピッチングを見せ続ける。少しでも肩に負担《ふたん》をかけまいとする雄太の配球はやはり完全に無視され、あいかわらず馬鹿正直な直球勝負だった。

そして迎えた七月末、地区予選決勝戦。

相手は、宿敵の佐川中だった。二年前、滝山の速球の前になすすべもなく唇《くちびる》を噛《か》みしめていた橋本《はしもと》も、今や県内一のスラッガーとして名を轟《とどろ》かせている。

その日は、地獄のような暑さだった。空には雲ひとつなく、風ひとつそよがず、ただ太陽だけが容赦《ようしゃ》なく光と熱を撒《ま》き散らしていた。

昨年は初戦であっさり消えた佐川中は、その恨《うら》みを晴らすとばかりに猛攻をくわえた。三回までは滝山に完全に封じられていたが、ちょうど打者が一巡《いちじゅん》した四回に入ると、ぽろぽろと打ち始めた。

　さすがに疲労が隠せなくなった滝山は、一番はサードゴロに打ち取ったものの、二番に死球《しきゅう》を与えてこの日はじめての出塁《しゅつるい》を許してしまう。しかもその二番が盗塁《とうるい》に成功、三番はポテンヒット。

　走者を一、三塁に置いたところで、四番の橋本に打順が回ってきた。彼は、ファウルで粘《ねば》りに粘ったあげく、ライト線ぎりぎりの強いヒットを放った。長打コースのヒットに走者は二人とも生還、橋本も一気に三塁へ進んだ。

　雄太は、すぐにマウンドに走った。すると、滝山にあからさまに嫌そうな顔をされた。

「なんだよ」

「今年に入って三塁打を打たれたのは初めてだろ？　さぞいい気分だろうと思って」

「……腹立つな」

「おまえに比べりゃかわいいもんさ。肩はどうだ」

「なんともねえよ」

　明らかに嘘《うそ》だったが、雄太は「そうか」と答えただけだった。ここで仮に肩が痛いと言われても、自分に言うべき言葉はない。佐川中を相手に他の投手に代えることなどできなかったし、少しは楽な配球にしてやるから俺に従えと言ったところで聞くはずもない。

　グラブで軽く滝山の尻《しり》をはたき、ホームに戻ろうとした雄太を、「鈴木《すずき》」と低い声が呼び止めた。何かと思って振り向くと、滝山が苦虫《にがむし》を嚙み潰《つぶ》したような顔をしていた。

「指示を出せ」

雄太は最初、なんと言われたのかわからなかった。一瞬の自失のあと、思わず「え？」と大声を出してしまった。滝山はますます不機嫌《ふきげん》そうに顔を歪《ゆが》めた。

「最後の県大会だから記念にきいてやる。そのかわり、弱気な配球しやがったらてめぇに当てるぞ。おまえ、すぐ外に逃げるからな」

「お、おう」

雄太は何度も頷き、慌《あわ》ててホームに戻った。

信じられなかった。まさか滝山のほうから、あんなことを言うなんて。

（なんだよ、サイン見てねえって言ってたくせに、しっかり見てたんじゃないか）

しかし雄太の胸に湧《わ》いたのは、喜びとはほど遠い感情だった。記念などと言っているが、要するにそれだけぎりぎりの状態ということだ。佐川中相手に、自分一人では投げきれないかもしれないと、はじめて滝山が弱気になった証《あかし》だった。

雄太は唇を嚙みしめてミットを構え、右手でサインを送った。滝山が、小さく頷く。そして、雄太が指示した通りのコースに、指示した通りのゆるい球を放ってきた。

構えた場所にあやまたずボールがおさまったとき、雄太は言いしれぬ感動に襲われた。

こんなに嬉《うれ》しいものだとは思わなかった。同時に、諦《あきら》めずに毎回サインを出してきてよかったと心から思う。どうせ滝山は言うことを聞かないのだから何を考えても無駄だとは思ったが、湯浅《ゆあさ》に言われて、全ての試合で指示は続けた。それを怠《おこた》っていたら、こんなに落ち着いて指示することはできなかっただろう。

滝山は速球投手によくあるように真っ向勝負で三振を取りたがるが、今はとてもそんな余裕はない。いかに少ない球数で打ち取っていくかが最優先だ。相手も、滝山は三振を狙《ねら》ってくると思いこんでいるから、騙《だま》しやすい。

滝山は、雄太の指示通りに投げ、次の打者をあっというまにファーストゴロで打ち取った。ここからも、ショートを守る林がぽかんとしているのが見えて、雄太はつい笑ってしまった。しかたがない。林も、自分のチームの投手と捕手が、まともにバッテリーとして機能しているところを見るのはこれがはじめてなのだから。

次の打者も三球目でファウルフライに打ち取り、攻守交代となった。今度は、普川商の打線が佐川中を攻め立てる番だった。普川商はこの回に一点、そして六回にもう二点を追加し、3対2の一点リードをもぎとった。

一方、四回の失点以降、滝山と雄太のバッテリーは、相手に点を許さなかった。

試合は3対2のまま九回に入り、佐川中が最後の攻撃に入った。

ツーアウトまで順調だったが、その次の打者が一塁線ぞいにボテボテのゴロを打った。滝山が捕って一塁に送球したものの、足の速い打者は必死のヘッドスライディングで飛び込み、セーフとなる。

次の打席は、よりにもよって橋本だ。雄太は舌打《したう》ちした。本物の強打者というのは、こぞという時に必ず打順が回ってくる運を備えているそうだが、それが本当ならば橋本は本物ということになるかもしれない。

彼を打ち取れば、優勝は決まりだ。しかしもし長打《ちょうだ》を打たれたら同点となり、延長戦にもつれこむ。滝山の肩を考えると、それだけは避けなければならなかった。

ここは我慢どころだ。なんなら橋本を歩かせてもよい。雄太はちらりとベンチを見たが、敬遠のサインは出ていない。

(でも、橋本で終わらせようと焦《あせ》っちゃ駄目だ。最悪、四球《しきゅう》で出塁させることになっても、とにかくコーナーをついて、当てさせないようにしないと)

ここまでの三打席を見ていると、橋本は以前よりおそろしく成長していた。どんな球も自分に引き寄せて当てると聞いていたが、その通りだ。外角低めの球もうまく掬《すく》いあげて外野へ運ぶ技術をもっている。力があるので、軽く当てただけでもゴロがヒットになる可能性が高い。

雄太は、外角低めにはずすよう指示を出した。滝山はわずかに片眉をあげたが頷き、その通りに投げた。これは、ボール。次は内角中ぎりぎり。見送りで、ストライク。次は内角低め——のつもりが滝山の球は高く浮いた。思い切り振った橋本のバットに当たり、ボールはバックネットに当たってファウルとなった。ひやっとしたが、これで二ストライク一ボール。

（ここからだ。焦るな）

次は大きく外に外すようサインを出す。

すると、滝山は首を振った。じゃあ、と次のサインを出しても首を振る。その次も同じだった。

滝山は、はっきりと雄太を睨《にら》みつけていた。その顔は明らかに、たったひとつのサインを求めている。

正気かよ、と雄太は胸の内でつぶやいた。

二ストライク一ボール。圧倒的に投手側に有利なカウントだ。あと二球はあそぶ余裕があるのに、なぜここでド真ん中のストレートで勝負に出る必要があるのか。

『真《ま》っ直《す》ぐが来るとわかってたって、どうせやつらは振れない』

かつて滝山は言った。そしてその言葉は、真実だった。そう、当時の滝山ならば。

しかし今の滝山はどうだ。おそらくもう、肩の感覚はないだろう。完全に、気力だけで投げている。わかっていたから、このイニング、そしてその前も、本気の速球は一球も投げさせていない。だから逆に言えば、ここで真ん中のストレートを出すのは有効かもしれないが——

雄太は逡巡《しゅんじゅん》し、唇を噛みしめた。

どうせここで違うサインを出しても、滝山は拒否するだろう。そして、無視してド真ん中に投げてくるに決まっている。ならば、自分の指示で決めたほうがましだった。

雄太は肚《はら》を決め、ミットを真ん中に構えた。途端に滝山が、嬉しそうに微笑《ほほえ》んだ。そのままグラブを抱《かか》えこみ、投球動作に入る。

いつ見ても、独特のフォームだ。豪快で、荒っぽくて——とても美しい。

最初に彼のフォームを見た時、なんて珍妙で、そのくせ格好いいんだとひどく感動したことを雄太は思い出していた。沢村のフォームが消えてしまうぐらい強烈な、俺のエース。

長い右腕が、鞭《むち》のようにしなる。全身の力を乗せた速球が、鋭い音を響かせてまっすぐこちらに向かってくる。

橋本がスイングに入った。唸《うな》りをあげて、バットが白球を目指す。

当たるな。雄太はボールに念じた。

そのまま俺のもとに、とんでこい――！

終章

「──た。雄太《ゆうた》！」

突然耳元で名を呼ばれ、雄太は慌《あわ》てて目を開けた。

その瞬間、目の前にひろがったのは巨大な球場だった。おかげで雄太は一瞬、混乱した。まだ、あの夏が続いているのかと思った。

しかしそれはすぐに思い違いだと悟った。

ここは、あの球場ではない。こんなに広い、美しい球場ではなかった。

「ごめん、ヨーチン。何？」

傍《かたわ》らに目を向けると、林《はやし》が呆《あき》れた顔をしていた。

「開会式が始まったぞ。反応がないと思って見たら寝てるからびっくりしたよ」

「ああごめん、ついうとうととして」

「まあ、疲れているのはわかるけどさ。夜行でもほとんど寝てなかったみたいだし。それ、落ちそうだぞ」

　戦争で何本か指が欠けてしまった手で林が指し示したのは、雄太が膝《ひざ》にのせていた風呂敷《ふろしき》包みだった。雄太は慌てて、しっかりと胸に抱《かか》えなおした。

　改めてグラウンドを見下ろすと、こちらにむかって、全国の代表校がずらりと並んでいる。壮観《そうかん》だった。

　その背後に漆黒《しっこく》の城のごとく聳《そび》えるのは、大空襲でも無事だったという奇跡のスコアボードだ。

　そして左右に広がるのは、青空の下まぶしく連なる白いアルプス席。

　ああ、ここは本当に甲子園《こうしえん》球場なのだ。今更《いまさら》ながら雄太の胸が熱くなる。

　昭和《しょうわ》二十四年、八月。

　今日は第三十一回・全国高等学校野球選手権大会の開会式だった。昨年、学制改革が行われ、中等学校は高等学校となったため、名称も変わったらしい。

　五日前、突然「甲子園を見に行かないか」と言い出した雄太に、林は目を丸くしていた。戦地で片足を失い、そのためあまり外に出たがらなくなっていた雄太を気遣《きづか》い、林は以前からなにかと外に誘い出そうとしてくれた。そのことごとくを断っていたのに、いきなり遠い甲子園などと言い出したのだから、驚くのも無理はなかった。しかし林は、笑顔で雄太のわがままにつきあってくれた。

　こうして球場に並んで座り、改修を終えた美しいグラウンドに整列する球児たちの姿を見ていると、戦争があったことが嘘《うそ》のように思える。しかしあれは、まぎれもない現実なのだ。そして今は、なにごともなかったかのように球児と観客たちを包むこの甲子園も、戦争では軍事施設となり、空襲を受けて三日三晩燃え上がり、果てには芋畑《いもばたけ》にまでなったと聞いている。

「八年前も、同じだったのかな」

　ふいに、林がつぶやいた。彼も、遥《はる》か遠い時空を見通しているような目をしている。

　八年前といえば、湯浅《ゆあさ》たちが県大会に優勝した年だ。

「大きな改修はしていないと聞いているから、こんなもんだろう。名物の大鉄傘《だいてっさん》は金属供出のせいでだいぶ小さくなったみたいだけど」

「そうか。やっぱり、皆で見たかったよなあ」

　しみじみと言ってから、林は突然何かに気づいたように目を見開き、慌てて手を振った。

「あくまで八年前のことだからな。次の年のは、絶対におまえのせいじゃないから！」

　その慌てぶりに、雄太は思わず苦笑した。かつて自分が、彼の前でどれほど落ち込んでいたかわかろうというものだ。

七年前の、佐川中《さがわちゆう》との決勝戦、九回裏。

滝山渾身《たきやまこんしん》のストレートは、橋本渾身《はしもと》の振りにみごと捕らえられてしまった。

打球は大きくライト方向へと伸び、青空の下で描くその放物線が残酷なほど美しかったことを、今でも覚えている。文句のつけようのない、特大のサヨナラホームランだった。

雄太はしばらく、あのときストレートを指示したことを悔《く》やんだ。あのとき外していれば、勝てたかもしれない。甲子園に行くことが全員の願いだったはずなのに、なんてことをしてしまったのかと。

同時に、あれを打たれたのなら何を投げても打たれていただろうという思いもある。

滝山の最後の一球は、本物だった。

あれはたしかに、雄太が憧《あこが》れ、憎んだ天才の「真《ま》っ直《す》ぐ」だった。

滝山はあのあと何も言わなかったが、あの一球に自分のもてる力、そして将来も全て賭《か》けていたにちがいなかった。

完璧に打たれるか、完璧に抑《おさ》えるか。

あの一球で全てを決めるべく、ぼろぼろの体で最後の力を振り絞ったのだろう。

手前勝手な勝負でチームを敗北に導いたと罵《ののし》る者もいるかもしれない。しかしおそらく、滝山はあれが限界だったのだ。野生動物は、自分の死期を悟るという。滝山もきっと、もうこれ以上は投げられない、この一球で投手としての自分は死ぬと感じていたにちがいない。

「うん。あれは、なるべくしてなったんだと今は思ってるよ」

雄太の言葉に、林はほっと顔を緩《ゆる》ませた。

「よかった。まだ気にしてたらどうしようかと思った」

「まあさすがにな」

「でも、そうだよな。滝山、最高の球を投げたし」

林は、雄太が手にした風呂敷包みに目を向けた。

「ずっと滝山のワンマンチームだと思ってたけど、あの日はじめて、ああ俺らちゃんと野球やってるじゃんって思ったもん。嬉《うれ》しかったよな」

「ああ」

「滝山も、嬉しかったんだよな？」

「ああ」

雄太は微笑《ほほえ》み、包みをそっと撫《な》でた。薄い布越しに、無骨《ぶこつ》な革の感触がある。

先日、鮫島《さめじま》なる男から突然に家に届けられたのは、滝山のグラブだった。

同封《どうふう》されていた手紙によると、鮫島は鹿屋《かのや》の海軍飛行基地で働いていたという。戦争末期、まだ十代半ばだった彼は、次々と後方から送られてくる特攻隊のパイロットたちに弟のように可愛《かわい》がってもらったそうだ。

その中に、ずいぶん背の高い学生がいた。それが滝山だった。彼は基地でもよく他のパイロットたちとキャッチボールをしており、羨《うらや》ましそうに見ていた鮫島に野球のことをいろいろと教えてくれたという。

そしていよいよ特攻の命令が下ったその日、滝山は愛用のグラブを鮫島に譲《ゆず》ってくれた。グラブを買う金すらない彼は喜んだが、この使い古した革に染《し》みこんだものの重みを感じ取り、「もらうのではなく、預かります。いつか必ずご遺族《いぞく》に届けるので、住所を教えてください」と申し出た。滝山は「もともと家族は母親しかいないし、その母も東京の空襲で死んでしまったからいい」と笑った。しかし、ふと思いついたように、こう言ったという。

「それじゃあ、もしおまえが新しいグラブを手に入れて、そのときまで覚えていたら――鈴木《すずき》雄太って奴《やつ》のところに届けてくれ。まあ、あいつなら、文句を言いつつ引き取ってくれるかもしれん」

そして最後に一言だけ伝言を頼むと、さっぱりした笑顔で飛行機に乗り込んだという。

雄太はグラブを固く抱きしめた。

昭和十七年の夏、すでに自分の将来を見切っていた滝山は完全に肩を壊すのを承知で投げ続けた。卒業後は六大学の誘いもはねのけて海軍航空隊に入り、終戦のわずか一ヶ月前に米艦隊に特攻して散った。

彼は、本物の天才だった。あんな時代でなければ、あの夏に燃え尽きることなく自分のペースで投げ続け、望み通り職業野球に入っていただろう。そして第二の沢村《さわむら》でもスタルヒンでもなく、唯一無二《ゆいいつむに》のエース滝山亭《とおる》として名を馳《は》せたにちがいない。

雄太の英雄だった沢村栄治《えいじ》も、二度の徴兵《ちょうへい》で完全に肩を壊して巨人を解雇《かいこ》され、そして三度目の徴兵でとうとう戦地で果てた。彼の後を継いだスタルヒンも、その容貌《ようぼう》ゆえに巨人から追放され、終戦まで収容所にいれられたと聞いている。

滝山も、あのとき共に甲子園を目指した仲間たちの多くも、失われてしまった。そして林も、自分も、もう二度と野球はできない。

「雄太?」

突然立ち上がった雄太を、林が驚いたように見上げる。

「ごめん、ヨーチン。俺、やっぱりまだちょっと耐えられねえわ」

美しく整えられたグラウンドには、まぶしい若さと健康を纏《まと》った球児たちが、誇《ほこ》りと期待に顔を輝かせている。かつてここに来ることのできなかった林や滝山と共に来られたらと思っていたけれど、やはりこの若さあふれる光景は、失ったものをまざまざと思い出させるだけだった。

雄太はぎこちなく足を引きずりながら、暗い通路に続く階段へと向かう。

そのとき突然、背後で華《はな》やかな演奏が始まった。聞き慣れぬ音楽に、足を止める。

今年から採用されたという、夏の選手権大会歌だった。全国の応募作の中から選ばれたその曲は、雄太と同じようにかつて甲子園を目ざし、怪我《けが》で足を失った青年が作ったものだった。

題名は、『栄冠《えいかん》は君に輝く』。

雲は湧《わ》き　光あふれて
天高く　純白の球　今日ぞ飛ぶ
若人《わこうど》よ　いざ
まなじりは　歓呼《かんこ》にこたえ
いさぎよし　微笑む希望
ああ栄冠は君に輝く

それは、時を超え、毎年この季節に、甲子園に集《つど》う球児たちの頭上に鳴り響く曲だった。かつてここに集い、ここを目指した者を、そしてこれからここに集うであろう者たちを繋《つな》ぎ、等しく贈られる賛歌《さんか》だった。

曲を聴いているうちに、雄太は鮫島の手紙のことを再び思い出していた。

手紙の末尾《まつび》には、滝山が最後に託《たく》したという伝言が記されていた。

——もっと練習しろよ、ヘタクソ。

雄太は小さく笑いをもらし、すっかり自分の体温であたためられたグラブを握りしめて、グラウンドを振り返った。

少し霞《かす》んだ視界にうつる空はどこまでも青く、湧きあがる雲は鮮やかな白に輝いていた。

初出一覧

ピンチランナー　雑誌Ｃｏｂａｌｔ　２０１０年７月号
甲子園への道　書き下ろし
『雲は湧き、光あふれて』　雑誌Ｃｏｂａｌｔ　２００５年８月号

JASRAC 出 1505914-501

※この作品はフィクションです。実在の人物・団体・事件などにはいっさい関係ありません。

集英社オレンジ文庫をお買い上げいただき、ありがとうございます。
ご意見・ご感想をお待ちしております。

● あて先
〒101-8050　東京都千代田区一ツ橋2-5-10
集英社オレンジ文庫編集部 気付
須賀しのぶ先生

集英社
オレンジ文庫

雲は湧き、光あふれて

2015年7月22日　第1刷発行
2015年8月11日　第2刷発行

著　者　須賀しのぶ
発行者　鈴木晴彦
発行所　株式会社集英社
〒101-8050東京都千代田区一ツ橋2-5-10
電話　【編集部】03-3230-6352
【読者係】03-3230-6080
【販売部】03-3230-6393（書店専用）
印刷所　株式会社美松堂／中央精版印刷株式会社

※定価はカバーに表示してあります

ISBN 978-4-08-680029-7 C0193